艺术家

子曰山 著

又名：我的发财致富史

作家出版社

1

我其实活在神圣世界现实世界野兽世界中,这若是太费解,就可以简化为我身体的三段,脖子往下都是野兽世界,嘴巴和眼睛是现实世界,脑袋是神圣世界。

当然还可以说我从野生世界来,社会教育是神圣世界,而我只能折中活着,结果就是现实世界。

我觉得自己最大的问题是受过大学教育,因此每次做事都需要先讲规则讲逻辑,这样我就需要不断论证,然后就是磨磨叽叽耽误了事,我不能再这样做了。

这个夏天我回了家乡,在一个粉红色的天空下,我开了辆车,我是一个人,装作一种飞舞,那是六岁时的家乡,现在已基本废弃了,只是孤零零的几栋破旧的红砖瓦房,四处都是绿色植物,它们在肆意生长着,门口几位老人围坐着,应该是在聊天也是在阴凉处清爽,他们形态各异,但都是黑黢黢的面孔,望着车和车内的我,他们是茫然的是陌生的是好奇的,他们一定知道过去的我,甚至他们比我还知道过去的我。

在车内的我没有表情,像我在繁华都市的十字路口一样,因为我不知道跟他们说什么，我说什么都是围绕现在，现在是令人乏味的，而过去呢，过去是我无知的，是不愿面对的。我的车像一片乌云途经沙漠一样，慢慢遮蔽再慢慢飘去，他们不知道现在的我，现在的我已经变了，变成一个知道过去知道现在知道未来的毫无情趣的艺术家，而他们呢，享受着此刻的清凉，在各自的命运里喜怒哀乐，在共同的话题里咀嚼反刍。

每晚睡前我在脑子里构建一个王国，我死后被指定为宇宙之王，因为死了以后就离开地球了，就进入宇宙中心了，地球和宇宙中心不在一个维度上，就如同祖宗和我之间的关系，反正我被指定为宇宙之王，很多夜晚我又被这个细节纠结，因为找不到被指定为宇宙之王的理由。

2

二十年前我在济南的一家名为金泰广告公司的时候喜欢一个名叫管青的女孩，她说爸妈都是上海人并以此为傲，她皮肤细白个子高挑，长得异常漂亮，我后来才发现上海女孩漂亮的其实比例不高，另外她还自认是优雅的，这真诱惑了我。她进这家广告公司应该是有关系的，因为她的确毫无才气，她就是个庸人俗人，这是我的直觉，但我就是喜欢她，就是因为她漂亮和自信。

她对我根本不理睬，因为她经常示好于一个搞设计的名叫冯小璋的家伙，这是个画画的家伙，也是个长相有些酷的人，我只能嫉妒了。但我这人有个好处，这还是齐鲁国际大厦艺术馆的杨馆长说的，"你这人好嫉妒但你这人会把嫉妒化成斗志而不是仇恨"，我才发现我有这个特点，我还真是这样，我可以跟冯小璋是好朋友，因为我是画盲，所以对会画画的都有一点儿崇拜，我不知道他为何对我好，反正我俩很喜欢在一起聊天，冯小璋已经有女朋友，他对管青爱搭不理，我对管青不停巴结，管青对冯小璋不时示好，我们三人就是这样形成了像蒸汽机一样的热量走向图，当然这流入流出不是那么均衡。这世界就这样，进出经常不一样，如同一代人和一代人之间的恩情不均衡一样，无人知道这道德的平衡原理。

我想这怎么办呀，管青每天那副取悦冯小璋的嘴脸实在令我烦恼，我这样低三下四是搞不到她的，换种方法吧。

其实每天低头不见抬头见的熟人很麻烦，因为很难装神弄鬼，很难牛逼起来，每天领导一来，我还要小心翼翼媚声媚笑，这样我就不得不加入到群众队伍中，我就永远被她混同众人，我会在她的眼前枯死的。

于是我就有了离职的心，在离职前跟管青说我有个市政府的姨，她安排我去三联报，她瞪着那漂亮的眼睛还噘着令我垂涎欲滴的鲜红嘴唇。

"真的假的？"她就这样问，我说我还能骗你吗，随后她就四处张望，连说下班了下班了，再见再见，的确她没说错，的确下班时间到了，我看向挂在墙上的大表盘。

我进三联报是进广告部，其实就是跑腿拉广告的，这还是因为在里面做编辑的曲文中推荐的。他经常跟我在一起探讨怎么才能投靠怎么才能发财，他常说咱们哥们儿都是外地人就要投靠才行，这家伙是山东师范大学的研究生，他就扬着浓重的眉毛瞪着小眼认真严肃地说。他是河南人，一个很实在很执着的家伙，我经常纳闷那关于河南人的恶评怎么能大行其道，他明明不符合这种名声，我很信任他也愿意跟他玩儿，主要是他慢半拍，这半拍能让我很信任他，狡猾的朋友曾经告诉我做好人是没有用的，说曲文中就是做好人的，那一刻我经常想起那些没有用的好人，我会对比那些先进模范，我发现对他们的描述是和曲文中的品性相近的，我再仔细观察，发现他记忆力和理解力还是不凡的。说明他是用其他的超凡脱俗表现自己，后来也说明这一点，曲文中一直过着优哉的生活，这种人会进天堂的。

　　这个投靠的说法很正确，我俩都点头称是，都进一步举例论证这个理论。但投靠谁呢？很明显现代社会人人都在找投靠对象，结果就是谁都难以投靠也就都不可靠，我俩就相互看着眼光黯淡，似乎琢磨是否可以投靠对方，毕竟是我快半拍，我说还是投靠你吧，投靠你们报社吧，进去后咱俩相互配合，黑白双煞，复辟篡权。他看着我咽了口唾液笑了，端起了茶杯，我就跟着端起了酒杯，酒杯也不满。

3

　　当时三联报的副总编是曲文中的老乡，他见到我时就说你这人一看就很精明,不过拉广告需要吃苦,你要有吃苦的准备。

他不了解我,我两年前被分配到济南一所大学当老师,我一直觉得自己的一生是可歌可泣的,绝不能是唾液横飞,我毫不犹豫地辞职,面对那几位看我像看精神病的领导们我大义凛然,我甚至还写了辞职信,信里面写希望你们理解我,如果不理解我是因为你们的思想被这个体制束缚了。为此校长还专门跟我谈话,说我的辞职信改名通知书就行,另外他是很爱这个体制的,他不是被这个体制束缚,他是捍卫这个体制的。无法探讨了,我只能应付一下,我知道不能惹他愤怒,我就不说什么了。离职后我就四处应聘,东跑西颠,做个细节上属于严肃认真,大事上属于精神病的家伙

副总编被我的打扮迷惑了,那天我打扮得油头粉面,我说您放心吧,我这人还真是可以吃苦,我这人做事很执着,我会很出色的,您会很满意的。

他笑了,说曲文中就是这样介绍你的。

我想曲文中怎么发现的,另外他是说我能吃苦还是说我能吹牛呢?

他说完就不理我了,低下头开始找东西。

于是我就开始跑业务了,我还是喜欢去洪家楼一带,因为金泰广告公司就处在那个位置,就像夜空下的池塘,各种对月亮的反光,我总想以什么面貌呈现或勾引管青。但一个跑业务的,土里来土里去,骑个破自行车,应该面目模糊,所以一直没有想好怎么呈现怎么高调。

但时间一长,各种想法被动机扭曲,就有了新想法,我想离

职的目的是为了追求管青，先是近后是远，这一近一远时间忽长忽短在感受上应该出点儿味道了，所以我准备再去看看她，看看她是否焕发新的热情，是否可以跟我一起看田野和炊烟。

金泰广告公司在三楼，就在长长的昏暗楼道里，我刚走入，没想到对面的会议室大门一开，是广告公司归属的集团副总甘世雄，他露了个头，应该是看我面熟，因为他说哎哎那个谁你抓紧给我买份《济南时报》，很明显他还以为我是他下属的下属的员工，我明显头脑空白了一下，表情上就是顿了一下，然后哦哦了两声转身下楼，我后来递给他报纸时他看了我一眼，没有笑，只说了好好。现在看来他欠了份报纸钱和一声谢谢，也不知道他现在混得如何，当年他号称集团少帅，现在应该是老帅了吧，但应该这个词很复杂，复杂到不应该也是一样的。

我先找冯小璋，他就是歪着嘴笑，然后继续他的画，这种画画的人就这样，想法简单，陷在自己的大脑皮质里，他笑一下就相当于拥抱了我。

然后我就跑到管青那里，她看到我的时候竟然还像以前见到我的表情，她说你怎么来了，我龇着牙说想你了。

"别在这儿胡说八道。"

她眼睛闭了一下，然后看向别处，这是厌烦的表达。

我当时就寒透了心，看着她身后的大白墙，我想，妈的多亏我没买什么玫瑰花，要么白白浪费钱了，我真是没情没绪了，她的这种表现扎疼了我，我真不知道该怎么说话了。

面对面尴尬了，她说你要没事就找事做吧，我还有事呢，她边说边快速翻动着手边的一堆 A4 纸。

我说:"哦,这是我的新名片,有什么热点新闻社会问题可以告诉我。"这句话是拉业务的套话,人对拉广告的都冷漠,但对什么新闻报道都想参与一下。说着我就把印着编辑记者的名片递给她,她接了过去哦了一声。我知道那是应付,看看周围,大家都在远远近近地忙着,没有人搭理我,我就转身走了,感觉像一只被人扇来扇去的苍蝇。

这一远一近的追求真是可笑,远到快看不到了。

"这怎么办?"我骑着自行车一直想这事,自行车越蹬越快,我明显有些躁动,妈的,事业没着落,爱情也毫无进展,我当时真是被眼前的烦恼活埋了。

我就是有毅力,或许这毅力就是来自于记忆力不好,因为几天后管青的冷漠模糊不清了,就算是毅力吧,慢慢她的美貌发出了光芒,美貌在我的脑海里像血一样又汹涌起来,我像蚊子很快被吸了过去,我又飞舞起来,那时又后悔没有买花,本应该慢慢启发她,像逗引一只千年的乌龟王八,"慢慢来要引她上钩"。

另外我还是要赚钱,若我有钱,或许她就会改变,但有钱需要时间,这时间一长她被勾引走了,怎么办?我又进入了忧虑。

我就在这些想法中沉沉浮浮,每天进出各种单位点头哈腰拉广告。

若是现在的境界我就会直接诱惑她,会指着楼下的奔驰说嫁给我吧,那辆车送给你,或者说你有什么理想,告诉我,帮你实现。其实这些办法不是我的创造,我也是学来的,奔驰的诱惑是来自于某电视剧主角的做法,而后者是来自于在北京国际饭店的一个女大老板或者是女骗子,她在跟我谈公司收购时就是这样跟我说的。

4

记得那天我妈来济南看我,我和妈妈一起去商场游逛,竟然遇到我在大学里的教书同事,她和同学逛街,她的同学很漂亮,我当即就被迷住了,现在看来我的确属于好色之徒,因为没有女朋友还可以正当地认为属于对美好爱情的追求。

按照某首歌,"没有什么能够阻挡",我当时就有点澎湃,妈妈说你怎么跟以前一样,见一个爱一个,我说她真是很漂亮呀,我妈妈说是的,"很漂亮,不过你得不到呀,孩子"。

就在第二天抓起电话问那同事,她说同学不仅美貌还属于高干子弟,追求者众多,你别跟着瞎掺和了,没戏。我说拜托拜托同事一场给个电话,我去碰个南墙,碰疼了就回头,不要担心,谢谢了谢谢了,改天请吃饭。她给了我个电话,对方果真牛逼,银行国际部的,妈的,我就当练兵了,就当花小钱中大奖了。果真如此,对方根本不理我,我于是连毅力这个词都不用就匆匆撤退,无影无踪,当然改天请吃饭也就食言了。

现在看来当时自己也是有些分寸,我毕竟在济南还处于小混混阶段,一个跪在墙头的人是晃荡中的,是很难执着的,但这事似乎也指向一点,一个人是需要优势的,就如同我现在想继续到宇宙中心称王称霸是需要自己某种特质的,我的特质是什么,是艺术家吗?我每晚在睡前创造宇宙,当然是我自己的宇宙。

我在拉广告的时候遇到了老乡，对方是大酒店的老板，她语速快，把我带得也语速快好像比拼中文流利程度，聊起来我们竟然曾经在一个城镇里成长，甚至我们还有中间认识的人。她说你知道吗，这是每个人讲故事的开头，就像先打开盖子，你知道某某的孩子和某某的孩子吗，就是大军和继双，当年大军很调皮，继双学习很好，一个晚上就在855电影院门口他们几个孩子嬉笑打闹，其中大军用铁丝在门缝间插来插去，继双就在门缝间看来看去，结果是铁丝插进了眼球，继双的一只眼睛就完蛋了，像一个被扎破的气球，然后一切就变了，大军和继双像两个被人间审判的人突然进入了结尾，人间没再给他俩机会，他俩没再起波澜，大军没上高中，早早工作，继双提前退学，也是早早工作。

我俩对视和叹息，应该对命运进行各自的逃生演练，那一刻有人敲门，好似彼此解脱，就互留电话匆匆告别。

每当我想起这种场景都会想眼珠和铁丝的归宿，它们的结合成为我的关注点，当看到孩子拿着铁丝之类的细长东西我都会过去劝阻，就在朋友的麻将桌上我看到二条和一饼在一起时我就急急地将两张牌拿开，这的确属于轻微的精神病，这一定是促进了后来的先知先觉。

我应该发现自己是幸运的，幸运在于我还可以肆无忌惮不知天高地厚地追求，我感悟不应该那样追求爱情，或者准确地说好色了，健康安全地奔跑在事业的路上就很幸福了。

或许是这件事的刺激或许是管青的无法靠近，反正我的热情慢慢降低。

在宇宙天堂里，来我的王宫外参观留念的人群，每天都在变化。

事情一直在变化中，因为万物真是不平衡的，既然不平衡就会朝向平衡处倾斜。无法想象，管青发生了变化。

5

就在两个月后的周末下午接到管青的电话，她说你过来一下，就在体育中心下面的咖啡馆。我猛地狂喜，这是她约我呀，虽然口气急促。

我其实不太想她了，或许属于忍饥挨饿已成习惯了，或许钱的渴望抑制了爱情，她的电话却让我激情迸发，如同一直在水中潜伏的河马突然浮出水面，巨嘴大开。

我其实五岁的时候就喜欢女孩了，这肯定不是教育的结果，因为大人都在我们面前装模作样，没人告诉我女孩可以喜欢或者不可以喜欢，或者世界上为何只有两性，性教育不存在，这样看来对性的渴望绝对是天生的。那时我家还在农场，我和彭继北和肖东凯还偷看老太太上厕所，然后我们就神秘地彼此望着笑着，后来搬到城镇里以后上小学，那时对班里的女孩经常有幻想，那就是幻想她们脱光了会是什么样子，但那时真是想象不出来，现在看来就像所谓名家的作品，专家学者们都在用艺术这个词，其实也说不出来什么，在这方面我们都是一样的，但还都坚持着这么说，这说明到临界点了，想象碰壁了，但还装模作样骗人骗己。

在公交车上的时候我竟然想逃票，对比后来坐飞机都是头等舱，真是金钱改变了道德，当然也正是这头等舱让我和一个空姐的爱情开始了，那时我要知道后来会飞黄腾达，我就一定不逃票，我还一定会吹牛无极限，那就一定会光彩迷人，其实这样一说感觉像是看股市的K线图，看起来简单，要在最低点买在最高点卖，其实身在其中就知道那无穷的想法和风险了，说到股票，我还真赔了一些钱，然后结论就是股市上你只要坚持你就死定了。

我在公交车上一直琢磨管青为何找我，电话里语气急促，这种约会应该惊悚吧，这里面一定有蹊跷，我不能美滋滋，不能在自己的爱情容器里灌太多的蜜，否则会难以挣扎，但我还是抑制不住想她的薄薄的红唇，真想用舌头反复舔舐。

天还很热，公交车里人很多，空调也不凉，我想完蛋了，等我到达后一定像落水的狗而一定不是出水芙蓉，这怎么办？结果就是我跳下车，然后打了辆出租车，这是我对她投入的第一笔钱，虽然不是直接进入她的腰包。比较后来我用金钱诱惑女孩，这真是起步阶段。

其实我在大学时候也谈过恋爱，但都是以精神和嘴开场再以精神和嘴收场，没有性的参与，也就意味着始终保持某种傻气，也就意味着大学毕业时我还是个处男，这样的爱情当时自以为纯洁高雅，其实就是不懂事理，没有肉欲的参与，爱情就变成神魂颠倒的思想磨难了。我后来发现很多人还念念不忘那些得不到的爱情，这一定属于在生命里没有摆脱的稚气。

我走向咖啡馆时太阳已经斜照了，我的身影就在我的身后，那是一条长长的影子，我是带着我的身影前行。

管青就坐在角落里，那个角落挂满了塑料做的绿叶，昏暗的灯光散乱着，我所有心思像大山里的飞鸟，一下子全部逃散。我俩都同时看到了对方，她没笑而是指了指对面的空椅子，她的眼睛红肿，我感觉这不是什么精神浪漫而是她生理发泄，我其实也在好奇中，这屏蔽了爱情的欲望，我俩的坐姿像审讯，当然不太像审讯的是圆桌上还放了玻璃茶壶，还有两个玻璃碗。

"你是不是有亲戚在市政府？"她的声音嘶哑，

"哦，怎么了？"我其实有点心虚，因为我根本没有亲戚在济南，当时这么说只是为了诱惑她，

"你帮我个忙"

"什么忙？"

"你帮我杀死个人。"

"我靠。"吓得我差点儿站起来，我马上抓起杯子喝了一口伪装一下。

"我就知道你是个脓包。"她轻蔑地看着我，就是这张脸迷惑了我，妈的，真漂亮，粉嫩嫩的，真想咬一口。

"为什么杀人？"

"干不干？"

"你总该说个理由吧。"

"以后再告诉你。"

"为什么找我？"

"因为你帮我，我就可以跟你在一起。"她没有表情。

"那你问我市政府的亲戚干吗？"

"你有亲戚就可以找关系把那混蛋搞个罪名杀了。"

我心里想我的乖乖,这是什么智商呀。

"那人是谁?"我觉得她这脸蛋身材皮肤都要归我所有了,我有一种振奋了,浑身精神抖擞。

"胡京端,负责蝴蝶手机宣传的老总。"

"啊,怎么回事?"

"你先说能不能杀他吧。"

"你真要杀他吗?"

"是的。"

"我要杀死他,我也活不了呀,我还是得不到你的。"我要跟她讲清这逻辑关系,不能让她的智商引领我的智商呀。

她顿住了,果真这是她没想到的,妈的,似乎她给我讲数学题,她还不告诉我题目是什么,在讲题过程中就发现她做错了,唉,但这美丽的皮囊怎么挂在她身上了。

她眼泪下来了,"我就是要让他死。"

"为什么呀?"我在靠近题目了。

"他强奸了我。"她顿了一下,咬着牙,开始不断用纸巾擦拭着眼泪。

"啊,怎么回事?"

"前天晚上,皮昆仑带着我请胡京端吃饭,我们都喝多了,然后昨天早晨我发现跟胡京端在一个房间里,我被强奸了,我是第一次呀。"

"我靠。"我大惊,我的眼睛一定瞪圆了,"那你没报警吗?"

"我不想报警,这样就传开了,传开了就没人要我了,你应该还会要我吧。"

她的这一套说法好像真有道理，妈的，不过我还被她顺便侮辱了一下，这事传开了她没人要，但我还要，在她的眼里我不是人吗，我脑子飞快运转将这些场景拴在一起。

"你也敢不要我吗？"她竟然恶狠狠地盯着我。

"不不，不是的。"那胡京端怎么说，我想妈的她怎么还在继续伤害我，什么是你也敢不要我吗？妈的，先说大事，暂且原谅她。

"他说他喝多了，对不起我，他可以补偿我，我不需要补偿，我恨他，他必须死。"

"你怎么找我，怎么没找冯小璋？"

"他是我的男神，我不会找他的。"她说这话的时候开始平静和坦然。"至于你，你的鬼点子多，还有政府亲戚，人还算不错。"

收到这意外的赞美，那一刻我想笑了，但我不敢，我知道自己的眼睛转了一圈，她怎么发现我鬼点子多，还知道我人不错呢，这丫头也是自有主意。

"你到底帮不帮我？"她又瞪我了。

"我杀了他，警察不会放过我的。"

"笨蛋，你不会做得巧妙点吗，不被人发现吗？另外你不是有做官的亲戚吗？"

"那我要想一想。"

她眼泪汪汪地望着我，这场景是我这辈子头一次遇到，这样托付自己，还是自己魂牵梦绕的女人，我肯定不能拒绝她，当然杀人更是我第一次遇到，我这种人怎么可能去杀人，我似乎在这两难中进入绝境。

"你要帮我，我就跟你。"

一副冷峻的样子，让我刮目相看，她的抗拒和承诺也是与众不同的，我突然意识到不能小看她。

"好，那我帮你。"其实心里想走一步算一步吧，说这话的时候我伸手去抓她的手，她的手缩了一下，但还是被我抓住，她的手是冰冷的，这与我后来抓住的很多女人的手温是不同的，她们有温热的有湿润的有滚烫的，她们给了我不同的感受和色彩，此刻我的手连接到我的心了，太幸福了，我的手在不断地传入着她的冰凉，温度在心里留下了刻度。

管青很快缩回了手，她说你怎么杀他，你还是好好想想吧，想好了来找我，我走了，记着买单。她快速擦拭着眉眼，然后站起转身就走。

她竟然又变得这么冷静，我有点混乱了，试图在这些图景里穿针引线。

就在我等待账单时，管青又回来了，我以为她又改主意了，没想到她小声说："你要嘴严，别透露出去，我只跟你一人说过，否则我连你也杀。"那一刻她张牙舞爪，说完她转身就走，一股香水味飘扬，这是她的味道。

这种灾难下竟然还洒香水，真是不懂。

她让我明白，她仍旧身处云端，而我仍是望着云的农夫，我心猛地一凉，不管怎样，妈的，她袅袅婷婷，身形真美，我无耻地咽了下口水。

6

　　我一直在想,在她的题目里没有找到出路,于是就在问题中东张西望。多年后我遇到过很多类似的情境,比较起来这次真算小儿科,因为这种选择毕竟让我有俯视的感觉,也就是说我是可以逃跑的。在我发财后,有一次同学聚会正喝得畅快淋漓时,接到一个电话,对方直呼我的名字,然后告诉我得罪人了,问我在哪里。我说我在饭店喝酒。对方说好的,他马上就到,要砍断我的胳膊,我笑着说欢迎欢迎,你需要左边的还是右边的,对方当时就语塞了,然后就匆匆挂断。当时周边的同学还问你要来朋友吗?我说他不来了,他想跟我搭邻居,问我买房子的事情。我被生活折磨得这么坚强,明明是一个胆小的人。

　　我对钱还是很在意的,尤其是这钱的花费要合情理,这女人找我办事竟然还让我付茶水费,妈的,我先是付打车费又再付茶水费,杀手还需要自费。这是个什么周末呀,本来幻想一起看个电影什么的,没想到无端掉进了杀人里。

　　"我在乎处女吗?"这又生出个新问题。

　　这一刻我的手机响了,是栗共晨,他问:"你这狗头在干什么呢?"我说:"我正策划杀人游戏呢。"他说那你抓紧过来请我喝酒,"我指点你一二三四"。

　　说起这小子其实我有一点儿佩服,也有一点儿不齿,这家伙从电子科技大学毕业，是个聪明过人的单眼皮理工男，平时闲极无聊是可以看高等数学解闷的，那专注是让你无法不憎恨的，但另外一面就是他让我不齿的地方了，这狗头是缺乏情商的，有几次聚餐竟然公开耍花样逃单，当酒足饭饱之时他经常高喊一声服务员买单，然后站起露着黑边牙齿笑着说，对不起对不起我先上个洗手间，然后就逃单了，以后我们认清他的面目了，每到结账时会先跟服务员说记住这个狗头，就是他买单，慢慢他这种厕所逃单的习惯就被我们纠正了，不过他还是怪异，反正混到无影无踪了，发财和不发财都正常。

毕业后我到大学教书，几个月后辞职到合资企业打工，一天的讲台也没上过，他是刚出校门就应聘到这家合资企业，我和这帮刚毕业的学生就这样混到一起了。

我突然觉得自己在从事一项涉及众生的大事，有种壮烈的预感，这么大的事不能小气，我站在路边再次叫了出租车，车上我还看到了过往的灵车，还顺便想到了曾经做秘书的时候被安排去山师东路上买花圈，我还为花圈的事跟卖主讨价还价，那老板带着鄙夷的眼神说这个哪有讨价还价的，我开始想鄙夷的眼神了，那应该是眼皮和眼珠的共同合作，真奇怪他能做出来，更奇怪的是我还能识别，没人教过我呀，我开始想这有多少脸色是我无师自通，人类有多少信号是我错过了。

见到栗共晨就问你对杀人有多少了解，他就问你要全尸还是碎尸的，我靠，这么专业，你不会是杀人科技大学毕业的吧，他更得意，我帮你设计个软件，你上传到对方手机然后就控制爆炸，我说去你妈的你当我弱智呀，我也是半个理工男，手机顶多那电池爆炸能炸个屁毛呀！他就咧嘴笑妈的你还算半个理工男吗？我设计的软件可以改变电池的存储计算方式，可以激发到分子层级是可以200当量爆炸的，完全达到碎尸效果。

　　真的假的？我大张着嘴，我记得见过很多人大张着嘴表现惊讶，其中就有我的爸爸，十多年后我告诉他我的财富时他就大张着嘴，随后就变成哈哈哈哈狂笑。

　　栗共晨看到我这种表情更得意了，他说你请我吃饭吧我就帮你设计，我说去你妈的又想骗吃骗喝。"你不要低估现在科技的发展，手机电池还是有很多潜能的，这你完全不懂。"他说。

　　喝酒的时候他就问我受什么刺激了开始专攻杀人游戏了，我告诉他我准备杀掉所有的成功人士，这样世界就腾出位置了，咱们年轻人就可以粉墨登场了，这些有权有势有钱的位置就轮到咱们了。他说你这人就是幻想太多，浪漫犯贱，实话告诉你吧，即便是老家伙们死光了也轮不到咱们，另外手机杀人属于世界科技前沿的前沿，目前还在猜想阶段，你这人不可靠，开发是需要时间的，一顿饭是不够的，听完这话我就抓起手机，他知道我想跑了就哈哈大笑起来，"别紧张，今天我请你，因为今天是我的生日。"然后他就跟我说他公司前台女孩对他有意思了，然后就让我帮忙分析一下，我以前帮人分析爱情还热心当媒婆，装成爱情专家的模样，我于是问他那女孩怎么有意思了？他说她经常对他笑。我说这算个屁，你不是技术副总吗，她觍脸笑是很正常的。

　　不一样不一样，这个你不懂。

　　妈的，向我请教又说我不懂，我都遇到些什么渣子呀，我说那你就请她去公园去看电影。

"这太俗套了。"

"妈的,上床本来就是俗套,不俗套就变态了。"

他低头不语了,我知道他开始用弱小情商策划勾引细节了,这个时刻,他的肩上有白点,仔细看是头皮屑。

7

现在想想我还真促成了几对,那几对还请过我喝酒吃饭,其中就有金泰广告公司的会计和我以前的同事成为夫妻,会计是来自于乌鲁木齐,同事是来自于山东临沂,一个是中国最西部一个是最东部,若在某个时代算是异国恋了,想到这儿我真觉得他们和我都是很神奇的。

我开始认真想怎么办了,1我要杀人,2我要得到管青。管青的说法是有1才能有2,我的想法是没有1也要有2,怎么办呢?我突然对逻辑关系有了新的想法,如果我将这个观念加上时间状语呢,把时间这个词加上去会这样,这就变成1我将来要杀人,2我现在要得到管青,我一下子在观念上有了突破,明白我该怎么做了,有了初步的方案,我哈哈大笑,在床上左右翻滚上下蹦跳,现在看来,我真是做对了。所以人真是需要会用时间状语,用好了就是具备大局观,就厚颜无耻了,就有开阔的胸怀,有了开阔的胸怀就一定会有宏伟的人生。

我后来做事就先在语法上加加减减,然后就有这种灵活性,有时会想，面对生活这种投机取巧是否表明我不顽强不执着，在国家危亡关头，我是否会做叛徒或者汉奸。

我的确在各种困难中和危机里赚到了钱，后来有段时间认为平稳和顺畅不容易发财，倒是各种意外里会漏出大把机会，这是上帝的疏漏，若不捡起来加以利用就太愚蠢了。

但就在晚上，想到她说的因为我可以搞谋杀才找我，被糟蹋后的她才适合我，整晚都是在这些说法或真相中反反复复拉磨，在郁闷中我睡着了。

就在我的宇宙里，我还想搞个人的享乐，爱情似乎不是享乐了，我直接一步到位，直接让各星系选美，选出的美人到我这里做仆人做保镖做秘书做行政，我然后勾引她们，不是用爱情勾引而是用名头勾引她们，我不能用权力吓唬她们，因为我没有权力，我是个象征，王只是个称呼，是个召集大家开会的名头。

我每天环顾她们左右，她们年少无知寂寞难耐青春绽放，我会用忽近忽远喜怒哀乐让她们相互攀比争风吃醋，让她们相互争斗起来。

当我拥有了这个设计后我自认是艺术家了，但我还无法介绍我的作品，即便当我跟周围的人吹牛喝酒的时候，我还觉得不能乱说，否则他们会灌我酒的，会嫌我有精神病，躲我远远的。

8

就在塞满办公桌的办公室里我给管青打电话说咱俩见面吧，

没问题，我按你说的做。

我是约她到千佛山谈，约千佛山我还是费了番心思，在咖啡馆举手投足都受限制，在电影院估计她会提防我，会拒绝我，在广场呢人来人往无机可乘，在千佛山呢，我就可以说以上帝的名义，凡事都可以推到上帝身上。

就在千佛山门口，她穿着白色套头衫和牛仔裤，一副随意的样子，没有任何化妆，漂亮，她表现得有些呆滞，其实看到她的表情我有些心酸，一个好好的女孩就这样被毁了，她真是遭受了巨大伤害，我对自己的算盘有了愧疚，但转念一想或许还是我分散了她的注意力，甚至救了她，否则她会不可救药，我还是顺其自然吧，一定不能勉强她，可以慢慢引导她，这样我的想法由于她的表现发生了细微的变化。

她见我就问你打算怎么做。我说咱俩进去说吧，她没啥表情，我买了票，她就一直跟从着，什么都不说。

我说我搞到了毒药，你可以给他下毒，我这么说其实就是假装有很多办法，我知道她不会同意的。

她说不行，"我不会再见那个混蛋的，不是你干吗，怎么变成我干了，这就是你的办法吗？"

"哦，若是这样不行，那我就要多了解他的情况了，这事皮昆仑知道吗？"

"他不知道，他若知道，我家里人就知道了，另外他那种人肯定会劝我私了，私了我自己就会办了，用不着他，我要杀死那个姓胡的东西，只能你帮我，我没有人可以靠了。"

我竟然从中萌生一种自豪感，没想到在她的眼里我具备了唯一性，心里暖暖的。

那个叫皮昆仑的家伙，按照后来我的了解，在老婆面前在单位领导面前言听计从，一副乖巧的神态，但转身面对下属是另外一副飞扬跋扈的神情，他来自农村，大学毕业进入集团公司，后来娶妻结婚，因为兄弟姐妹众多，需要不断贴补老家，这样对老婆就不得不妥协；因为他还想成功，于是在单位里对领导更多讨好，或许在老婆领导面前委屈太多，所以转过身来对下属就多炫耀。

"你有那个胡京端的电话和地址吗？"

"我只有他的名片。"

"他是哪里人？"

"北京人。"

"啊，那怎么杀他呀？"

"你要想办法，所以我找你。"

我越来越佩服管青了，这家伙好像有钢铁般意志了，越来越有主见了，还会忽悠我了，另外我也要小心，别让她把目标转向我了。

我俩边走边说，我一直假装沉着冷静想着方案，一种看起来合理、说起来动听的方案。园区里游人很多，我俩不断地被人穿插，那一刻的秋光下我浸泡在她忧郁的美丽里，竟然没有想拉她手的欲望。

"他现在在济南吗？"

"他应该回去了，这几天一直给我打电话，我不理他。"

"他结婚了吗？"

"是的。"

在临别时，我说你把地址给我吧，"看样这场谋杀要在北京举行。"

"你怎么谋杀？"

"我会去图书馆查资料，先找到那些疑难杂案，大量分析案例，然后寻找最好的手法。"

"看样我找你是对的，你是有办法的。"她上下唇轻轻合起然后两边上翘。

我没想错，图书馆和分析这两个词绕晕她了，其实这俩词在大学时代就已经被我们弄臭了，因为图书馆和分析后，大都是屁也得不到。

我还是拉了她的手，手还是冰凉的，她马上缩回去了，说她想回家了，这一刻过往的人三三两两穿行，我俩不得不闪躲避让。

回到租的房子里还是下午，我就打了会儿游戏，"难道还要自掏路费去北京吗？"

不行，这些艰难险阻我应该告诉她，而不是自我烦恼。

在广告部做业务是有任务的，当然也是奖金丰厚，《三联》报那几年发行很好，很多广告都是自己找上门来，所以我们蹲守在办公桌前也能完成任务，当然有些大额度的投放就需要上门点头哈腰忽悠，自然就会收入惊人了。我毕竟还属新人，坐办公室守株待兔会被人小觑，出去狼奔豕突既开心还能有大突破，我于是跑跑颠颠，相当于每天在济南街头晾晒肉身，说忙也忙，说闲也闲，若去北京找大客户应该会有收获的。

但我再约管青时，我换成另外的说法，我说现在广告部任务重压力大，"我现在无法请假，若去北京，就要看下周是否有时间了,另外去北京还要有很多花费,你忍心一个杀手还要自费吗?"

她终于在我蓄谋已久的幽默里勉强笑了一下,"好吧,我给你钱,明天我把这个月工资都给你。"

我赶忙说其实为了你,"我也想自费,但你知道我这外地人租房吃饭之类的全靠自己的收入,请你原谅,请你理解。"

"我明白。"

我此刻拉上了她的手,她应该接受我的拉拉扯扯了,我的真情和我的垂涎应该挂在脸上了。

真没想到她这么爽快给我钱,我只是想让她为我的付出给点报答,哪怕哆哆的温柔就行,但她能这样,我就当大赚特赚了,我还是要保持平静,慢慢来,一切都是刚刚开始。

她的手指细长,食指在抖动着,不过手还是凉凉的,软软的凉手。

记得后来在追求那位成都的美丽空姐时,我是在头等舱,在微笑下的各种服务中,我问能不能把你的电话号码给我,她犹豫了一下,说那你给我写封表扬信吧。当即我就感觉得到了她,因为她还是暴露了自己的缝隙,一个需要表扬的人,并且需要作假的人就一定是个投机的人,我一定会抓住投机的人,这么想的时候我的眼睛不停地追随着那蓝色的裙装,她的身形是一种曲线,随着动作的变化,一种曲线再促成另一种曲线。

下了飞机后,我意气风发得意洋洋给空姐打电话了,没想到她根本不接,发短信,她根本不回,我有些吃惊,但我知道这一定不是结尾,一定是开始,需要我的心和时间一起慢慢伸展,果真事如我料。

9

我跟广告部主任谈我去北京时是另外一个腔调,我为此先写了一份报告,谈《三联》报广告必须面向全国走向全国的现实和未来,必然和或然,为此报社分管广告的副社长和广告部主任还正式找我谈话,大体的意思是我正经的胡说八道对于报社是一种开拓,因为费用不大,可以放我到北京乱摸一下,于是我拿到了一笔差旅费和一笔招待费,我知道这些道貌岸然的领导们其实也是喜欢打麻将的,他们打牌时一定经常做大牌,做大牌就是靠想象力和运气的,具体做法不就是摸吗,若是搞个自摸甚至海底捞,那就大赚了。我是他们在北京的自摸。

我在初中时就不听话,爸妈的话不听,老师的话半听不听,但我的学习还能坚持到中上等,因此他们在这忍耐范围内就不想为我生闲气,也就是基本不喜欢我,自然各种虚和实的好处都轮不到我。我从来没有做过班干部,其实我很想做个班干部,像渴望得到管青一样,就连对待同学伙伴,我也是我行我素跟每个人都保持距离,真实的是我不知道怎么才能跟他们相处更亲密,我那时也不能说是孤独,就像现在经常宅在家里,这不是孤独,神秘一点就说是享受孤独,反正我不听话的习惯造成了我做事情就有些怪异,像蹦跳的乒乓球,不知道会弹到什么位置,因为世界太复杂了,各种可能性太多了,也就意味着我的乱打乱摸也有成功的机会。

我打电话对管青说硬生请假了,领导不同意我也不管了,去他们妈妈们的,我要为爱情献身为你付出所有。

管青递给我钱的时候是感动的样子,她说真没看错人,真不知该怎么报答我了,她的脸有点扭曲有点像哭的样子,我接过钱的时候很开心,但表现得很坚毅,我其实希望她再哭一下,就意味着她对我再付出一点,这样我就完胜了。

没想到她控制住了,甚至冷漠又出现了,"你说一下你到北京怎么干?"

说这话的时候是在山东大学老校区的教堂边上,周围已经昏暗了,我和她就站在街灯下,我把自行车车把上挂着的书包打开,里面躺着一把新买的菜刀,我拿出来说这是我买的新刀。

"我准备在黑黢黢的北京街巷将胡京端的脖子砍断。"

她"啊"了一声,"你这么凶残呀?!"

我说:"为了你,我可以做任何事。"

她不再搭话,眼睛直勾勾若有所思的样子,我这一刻把她拉到身边,我抱住了她,在她的脖子后那一刻我没有控制住脸庞的笑容,真是开心,我还亲了她的耳垂和她的面庞,在我想亲她的嘴时她推开了我。

因为她要说话了,"哎,你不是说要用毒药吗?"

"当然要用了,不过要根据情况,我会带着的。"

"哦。"她顿了一下,她好像用全身心的注意力攥着这件事。

"你还是要注意安全呀,别被人抓住了。"

我说:"我办事你放心。"这句话对我也是套话了,因为我辞职四处打工时,妈妈就说:"孩子你大了,你做的那些事我们都看不懂了,你自己别糊涂就行。"我当时就说:"我办事你放心。"

想到菜刀我又很开心,因为我租的房子里用的菜刀已经卷刃了,我需要换了,我想管青一定会问我去北京怎么做,我就买好了,这把刀对于我是个道具还是个以旧换新的工具,但对于管青,这一定是个血腥的场景。

我跟曲文中说我去北京看看能否投靠个首长之类的人物,他说:"试试吧,咱们哥们儿就应该多试试。"

我说:"那你请我喝酒吧,我投靠成功不会忘记你的。"

他说:"请你喝酒是小事情。没,没问题。"他结巴了一下。

就在周四一个平凡的夜晚,曲文中请我吃了顿火锅,买单的时候,我帮他还仔细核对了账单。

我睡前想到骗吃骗喝又是一阵阵开心,后来我成功之后,我就反过来了,我建立起积极买单的条件反射,理解那些酒肉朋友,世界太残酷了,老实人太难了,我的结束语是你们那点钱算了吧,还是我大老板来吧,这样解了围给了对方台阶,我就可以从容买单,最后一定会赢得尊重,我其实是算明白了别人对我的尊重价值超过了饭费,这说明我的算计一直在心头飘扬。

我又跑到寻化民那里,就说哥们儿我明天去北京打天下,要开拓未来了。寻化民开了个名叫济南科信的科技公司,他也是以前的同事,做同事的时候这小子跟我很谈得来,他说话幽默,对我的机巧有些惊讶,我俩彼此佩服,但一年后从发展来看,他开公司做老板了,而我还街头巷尾跑腿,貌似已经是两个阶级了,再有就是现状上看,他显得踏实稳重,而我轻浮无常,这种认知下，彼此都有点不屑。

"哦，真的吗，你不回来了吗？"

"我会凯旋的，会衣锦还乡的，哈哈。"

"好吧，祝福你，牛逼，子总。"他的嘴角斜扬着，不知道他是否自知。

其实我听出他的讽刺了，不经意间人生很多刺激或多余动作或画蛇添足会刺激到我，会激发到我，他妈的，瞧不起我，早晚我也会开公司当老板的，我心里骂着，同时也暗自发狠。

没想到，这次北京暗杀行动彻底改变了我，让我这小人飞黄腾达了。

小人这词一直被认为是道德上的，但我始终认为这个现实社会其实就是物质的，道德这词太虚了，别说这些虚的，就像哲学不搞本体论而是搞语言哲学一样，小人就是指那些混在社会底层的家伙们，包括我这样的混混。

在我的睡前设计里，我还要有我的行宫，我所在的星球应该有十个地球大，星球要给我辟出一块巨大的领地，这块领地是一个半岛，可以想象成一只趴在海面上的鹰，翅膀大开，我的行宫就建立在鹰嘴形状的尖尖上，对于我的宫殿，我直接的反应是要建个六和塔，我就住在里面，每一层都有不同的用处，从上往下，最上面是书房然后是卧室然后是餐厅然后就是每个生活细节都配有一层，有一天晚上突然觉得自己不应该睡眠了，因为宇宙中心的我是不需要睡眠的，我是个永远精力旺盛的人，每时每刻都不需要休息，但做爱需要床，所以还是要有卧室，也就是现在所说的一个专有名词，炮房。

后来我又想六和塔是否太单一了，于是又想若腻味后就搞一个宇宙设计师大赛，要为我设计艺术行宫。

做宇宙之王首先考虑的也是吃喝玩乐的事，我就想让家人先辈们祖宗们都环绕我的住处，他们都住在鹰头的位置，地球的朋友们及其家人就处在鹰脖子鹰翅膀的位置，我也要顾及他们的感受，不过这样一来数字应该也是无比庞大，在鹰后面有高耸的群山像青藏高原一般环绕着我们，也就是保护着我们，在高原后有一个超级大的城市，要像上海那样庞大的地盘和人口。

有一样东西困扰我，那就是地球上的老婆，老婆怎么办，这点需要想清楚，毕竟承诺永生永世了。

10

管青晚上给我打电话，她问我住哪里然后来见我。

她刚洗完澡，头发还没有完全干，散发出一种清香，她说今晚要给我送行，明早她不能送我了，她还说在最后动手前一定要给她打个电话，她要作最后的决定。

我说那是当然了。

就在租的房子里，她说你不嫌弃我吧，我要把自己送给你，因为不知道你是否能活着回来，我要先报答你。

我感动了，随之又生出壮烈感，这太突然了，一个日思夜想的女人突然告诉你，她要全部奉献给你，真是太刺激了，超出预料了，我惊住了，我的动作缓慢下来，哆嗦起来，我需要一个过程一个准备。我竟然也需要有准备，心理准备。

现在看来我真是傻得可恨，这个傻就是青春热血下的壮烈感，一个心爱的女人呈现给我，我竟然是拒绝了。

我说我不能乘你之危，你不要激动，我会安全回来的。

我还很严肃地告诉她，你以后不能给胡京端任何电话，不能接不能打，不能发短信，否则公安会由此发现什么的。她说我懂，恨死他了，我这一辈子不会跟他再有任何接触。

晚上我俩只是拥抱亲吻看电视，我还教她打了会儿游戏，她有点入迷，夜深，送她上了出租车。

我自参加工作后还真没起过大早，没见过凌晨的济南，那时的济南还没有污染，更没有雾霾，凌晨的济南浸泡在一层潮湿的薄雾中，空气是清新的甜甜的，我有一种感觉，那些飘在空中的云在潜入大街小巷，在享受人间烟火。

我登上了去北京的火车，那时的车站没有安检，崭新的菜刀就和我一起奔向北京，拿菜刀的时候我犹豫了一下，我可以去北京买呀，但想若是这样，我就要多买一把菜刀，有点浪费了。从这点看我还是不适合做大事，做大事应该不在意小节，但后来我还是变了，是因为跟着参加过几次类似的庆典活动，我看到奢华浪费的回报，学会了就做到了，我以后的公司搞庆典就租住外资品牌的五星级大酒店，所有的客人都是行政套房，所有的吃喝都是免费，去最好的夜总会玩乐，礼品也要贵重豪华，这说明心胸开阔是可以学习到的。

我是下午抵达的，身上带的钱是从报社借的，管青的钱我已经存起来了，准备以后我俩在一起玩的时候用，我的算盘真是噼啪作响。

那家公司在朝阳区大望路，我就在附近找了个小旅馆住下，我说先交三天的房费吧。

第二天上午我就去了这家公司，在素雅的高档写字楼里面，英文字母随处可见，过往人相互交谈不时地蹦着英文单词，我没带菜刀，今天不需要，在前台我说是从山东来的，是《三联》报的记者，想采访一下胡总。

出乎我的想象，这胡总长得高大甚至非常帅气，他西装领带五官端正两眼炯炯有神，竟然还喷洒了香水。某一刻我还有某种自卑，我竟然想象了一个场面，就是在灯红酒绿的酒吧里，我俩站在一起供女客人们筛选，他的上客率一定比我高，我当时想这人是强奸犯，这人就是我的受害者，我将从这人身上获得管青的爱情，我要蔑视他我要消灭他。

这次见面我主要跟他谈宣传问题，没想到在我开口前他就说其实我不想跟你们这些地方报社谈宣传，但看你从外地来就给你个机会吧，不过你只有五分钟，抱歉我很忙。

这小子太牛逼了，这家伙应该对媒体很熟悉，跟他谈真是要花样迭出。

我就说，胡总我这次来和广告没关系，"我想为您写一个专访，要给山东的读者们展现一个青年才俊的榜样，您要给年轻人指出方向"。

他哈哈大笑，这个说法明显出乎他的意料了，他马上表现出一种谦虚的样子，这种表情其实从高中时代就很常见了，首先就是不笑，然后要慢慢严肃，但一定不能严厉，记得刚上小学时爸爸跟家里的客人说我的拼音学得很好，我当时就笑了，爸爸马上说我要保持谦虚的样子，我应该知道谦虚的样子了，一定是不笑的，我于是不笑了，是憋着心里的乐开花，但我后来只是成绩稍好的学生，从小到大受到表扬的机会不多，所以偶尔遇到夸奖后，也就总是有点憋不住，估计有笑的痕迹，但胡总的谦虚做得很好，我真没看出他笑的痕迹。

　　他详细介绍了他的光辉岁月，他依然神态谦恭，但他的嘴却撑开了一个无限天地，嘴里的他一定是理想中的他，他说从小到大一直是学校的标杆。在社会上他正气一身，他见义勇为，敢打敢冲，他甚至挑战邪恶势力，他发明创造，他标新立异，他勇于担当，他家庭美满，他雄心壮志，他前途无限。我那一刻竟然创作了一个场景，他把醉后的管青放到床上，然后抻拽各种姿势，我一直在记录，不时地插话或嗯嗯啊啊，偶尔抬头望他，整个对话持续了两个多小时，在这两个多小时里有人进出有人问答还有电话打断，但他在这些断断续续中流畅地描述着故事赞美着自己。

　　他话语间不断夹杂英文单词，这让我有点不爽，虽然我的英文不差，但那些不时蹦跳的单词让意识总是需要稍稍模糊一下，我的情绪要被剐擦一下，另外最关键的是我不会使用这种洋气的乱语，我就会生出妒忌，就格外生出一种抵触，语言毕竟是工具，好用就行，若是不好用，那就手舞足蹈，如同裸体的人蹲下来就可以拉屎，何必假装解腰带脱裤子呢。

　　中午胡京端还请我吃工作餐，还问我的经历。我表现得很真诚，除了和管青的事情，我将自己全盘托出，我在某一刻有种佩服，胡总的确是我的榜样，我永远达不到他的高度，包括身高，他一米八而我一米七。

我在初中时就不自量力地喜欢一个漂亮女孩，我总喜欢偷偷看她，感觉她也偶尔看我，但我还是没有主动出击，或许就是对成功的概率判断，是勇气和智力的博弈。后来到了重点高中，很多外地的男孩女孩杀了进来，各种帅气高大的男孩，甚至有些学习优秀，那时我就基本垮下来，知道自己的局限了。

我跟其中一个名叫安晓明的聊天，我说了高中时代的忧虑，没想到他说他这人太听爸妈的话了，太想讨好周围了，所以不会做成大事的，我当时就明白了，周围人给了他太多的常识，另外他还说他不应该胆小，我也明白了，周围人给了他太少的勇气了。我其实一直很胆大，敢做很多人不敢做不敢想的事，我的成功是常识和勇气的相互博弈带来的。

我问胡总你现在住哪里呀，他说他自己买的房子，住的是北京最高档的小区星河湾，我说您的确太优秀了，我还问，"您夫人是做什么的呀？"他说，"老婆在建设银行，是大学同学，现在我们有个漂亮女儿在私立幼儿园"。

我从没有这样对待一个敞开自己的人，我一向是个实在的人，当然这是我理解的自己，若从胡京端的角度看，我就是狡猾恶毒的小人。这真是一种欺骗，我需要知道他的信息，我要知道怎么咬死这个人。

我还问能否采访一下您的夫人还有美丽的女儿，他说这需要问一下老婆，说这话的时候他向窗外瞟了一眼。

我这人很喜欢聊天，很多人把心里话深深浅浅地告诉我，这些长时间的对话让我俩像朋友一样,因为有些老朋友之间也是聊天不深的,我记得很详细,他真的很优秀,我要搞个报告文学在报上发表,胡京端说得也是畅快淋漓。我后来听得有点累了,他却是意气风发。后来在北大读一个收费的哲学班时,记得老师说,其实听课的比讲课的累,因为一个是需要集中精力要跟着话语思考,一个只是按照既有的思路即兴发挥,一个是费心跟随,一个是肆意挥洒,两人用力是不一样的,真是有道理。

最后我俩是握手言别,他还问我在北京住几天。我说看您和夫人沟通的情况了,另外我还要去宣传部的一个亲戚家,他笑着问你那亲戚是做什么的,这是我的即兴发挥,没想到他会深问,我就支吾了一下。

"他是管宣传的。"这话是外行的描述,他或许理解成我对亲戚的隐私保护,胡京端瞪着眼说那你一定要帮我引见一下呀,咱俩是朋友嘛。

我连忙说,好的好的,胡总,我明白了,等方便的时候吧。我当时就感觉到他也需要投靠。

他送我到了楼下,站在斜阳下,看上去是红光装裱了他的外形。

11

晚上我给管青打电话了,今天埋伏在胡京端的公司附近,但他没有出现,我打电话问,据说是明天出差回来。她声音低沉,她说好人怎么这么难呀，坏人怎么没有报应呀，然后又说要小心呀，电话里传来男人的声音，我就问你这是在哪里呀，她说在家里，我又问边上是谁，她说是她爸爸，我感觉说不清的怪异，就说你亲我一下，她就在电话里吧嗒了几下，我也吧嗒了几下。

我住的旅馆很低档，那时的我总觉得少花钱比什么都好，但发票一定要多开点，这样我就会多搞点钱。在床的对面挂着一幅画，应该是幅名画的模仿画，模仿已经足以填补我心里的虚空了。想起了初中时的绘画老师，我不记得他姓什么，也记不清他的长相，他寡言少语，穿着蓝布衣服，坐在椅子上，偶尔转头望向教室里忙碌的我们，在下午的阳光下对着窗外发呆，记得那一刻，他让我们任意写四个美术字，我当时写了"人不为己"，当时的理解是人不要为自己，他只是说这四个字不好，不要写了，然后不再说什么，继续发呆，现在看来他一定也搞了个自己的宇宙。我后来很喜欢看画，我逛过很多艺术馆，明白了艺术一定是更加抽象，人类一定会异化。

我想着管青的嘴，想象着那个甜蜜，有一刻我真的想杀掉胡京端了，因为他糟蹋了我爱的女人，我爱了她这么久竟然被他轻易摧毁，还因为他太出色了太成功了，我积累的所有嫉妒和羡慕都抵达不到的高度和深度，我一辈子都跟不上他的脚步了，他让我发现这个世界上有一类人是永远比我幸福的，由生到死，从始至终。

我在想下一步，然后对照着采访本看着胡京端的性格及他的经历，这家伙长在北京，爸妈都是知识分子，他毕业于爸妈所工作的北京科技大学，他说只想留在北京建设自己的祖国，不想出国，这些信息对称吗？我记得教授的子弟很多是学习一般的，只是通过上辈的威风才进入大学的。另外北京留学成风，他没有出去，是出不去吧，或许就是贪图安逸吧，或许也是我理解错误了，再有就是他成长于优越环境，他对于极端压力会妥协吗？另外他强奸管青时是什么样的心理呢？他现在是什么心理呢？

在这不公平的世界里，我要寻找公平。

这些想法袭击着我，一夜没有睡好，即便是第二天我还是在反复琢磨。我想还是去趟故宫吧，那里是曾经的阴谋集散地，或许会有启发的。

在故宫玩了一天，我跟在不同的旅游团后面听讲解，又在里面来来回回走了很多遍，听了四次，启发很大，方案慢慢地成型了。

走出故宫的时候我给单位打了个电话，对主任说这两天一直奔波不停，找了一家手机公司的老总，对方提了一个条件，要求发一篇报告文学，然后考虑投广告，主任哈哈大笑，"这是小事情，他只要投入十万以上，想怎么吹怎么吹"。挂电话前他说下午有人打电话找你，是北京口音，没说是谁。

我的手机一直没响过，这是谁找我呢，我突然意识到这是胡京端找我，他应该是想进一步确定我的身份，这是条狐狸，我应该小心，现在的我更加确定是胡京端干的，一个成功的人一定是个不相信别人的人，他一定想法多，信任少。

我应该将胡京端好好培养，像养母鸡一样，是只能下蛋的鸡，很明显我的艺术创作是从胡京端处开始的，这是我人生的分水岭。我的方案成熟了。

晚上胡京端给我来电话了，他说老婆同意了，这几天你跟她约时间吧，北京太大了，每天他太忙了顾不过来。

我说您后天有空吗，文章还需要一些补充。他说欢迎你随时来，他还问你那亲戚到底管什么呢，可以接见我一下吗？我说后天见面再说吧，他连说好好好。

他这么想见领导亲戚，说明这家伙投靠的心一直熊熊燃烧，像我和曲文中一样。

我跟他老婆是在赛特商城边上的星巴克见的面，他老婆很漂亮，穿着精致，香味扑鼻。她应该是被我手里的笔和本影响了，所以开始时她像很多被采访的人一样表现紧张，说出的话都是斟酌再三，我表现的是严肃认真，慢慢地她平静下来，但总是不自觉在描述她自己，我问了很多家庭问题，包括他们女儿的一些个人信息，再后来她的眼神飘忽，不断看向周围。

我给管青打电话了，说胡京端已经回来了，我已经跟踪到胡京端的住处了。她说你辛苦了，她还说她很烦不想说话了，我俩的对话匆匆结束。我突然觉得她并不在意我，即便是我把胡京端杀了，她就会跟我吗？我生出一种忧虑，管青不是很懂事理的女孩，这种不懂事理有时候会将一些事情的进程引向别处，我突然预感即便杀了胡京端，我也得不到管青。

睡前我简单模拟了一下自己的动作，明天就是决战了，在这关键的时候，我竟然睡了个好觉。

12

　　北京那天阳光灿烂，秋光和黄叶一下子把当时的我定格，我后来去北京发展一直没有找到那天的缓慢感受，一直相信那天的我是魂灵当政。

　　在那个无限缓慢的下午里，我和胡京端坐在茶馆的单间里笑着，马上就会发生巨变，这就是可爱的人类，我要做艺术家了，我开始雕琢了，我笑着将那把在济南买的菜刀放到了木纹纵横的乌黑桌面上，胡京端瞪大了眼睛。

　　"胡总，我是管青的男朋友。"我很平静。

　　他猛地站了起来，"你想干什么？"

　　"胡总，今天要么你死要么我死。"

　　"这是怎么回事呀，怎么回事，你到底要干什么？"他声音颤抖，脑袋左右转动，眼睛紧紧跟随，找寻什么。

　　"胡总，我要公平，我要你死。"

　　其实最后这话表明我进入他的逻辑话语了，因为他的问题我回答了，我不该这样，我应该让他进入我的问题然后他回答，但我没有这样做，说明当时的我是先行进入妥协了，这也是我的潜意识，我不需要他和我之一去死，而是需要妥协，但胡京端明显没读懂，他吓坏了，他哆嗦着说我当时是喝醉了，我真没想那样。

　　我之所以怀疑自己不是真正的我，是因为我完全将自己超脱出来，因为我说我不是跟你讨论原因，也不是讨论过程，我只是来讨论结果。

另外我发现当时的自己异常冷静，言语还非常得体。我不是这样的人呀，记得高中时晚自习结束后被人在街道拦劫，我哆嗦着任由对方翻兜，对方是个小个子，或许年龄还比我小，最后只是趁他不注意拔腿就跑。

真正的我和自知的我是不一样的。

胡京端问我需要什么结果。

"管青是处女，她的第一次被你糟蹋了，我跟她好了两年，就是为了结婚之夜的，但所有的一切都被你毁灭了。"我在说这番话时眼泪已经喷出了，但脑子在转，我不能说方案，要让他提出补偿方案，我的手又摸上了刀把儿，他紧张地看着我，又往后退了一下，并且再次向四周张望，应该是准备找个东西抵挡，他甚至看了眼椅子，我感觉他在估量是否可以举起。

他太不懂我了，我若是用刀解决问题的人，我就不是我了，很多人不懂，语言的力量其实超过手脚的力量，因为手脚的结果是可以估量的，而语言带来的心理图景是无法估量的，是可以陪伴一生的，就像墓碑一样。

他说对不起真对不起，"那晚真是喝多了"。

"你这是强奸，你知道后果的，我们准备报案。"现在我的经验里其实对这种罪名有一些疑惑了，因为我也有近似行为，就像我的书架一样，从顶到底都是书，我若从底部往上看，会发现书堆摞得是那么沉重，是坚实稳固的，而站到木梯子上从顶部往下看，会发现书都是那么脆弱，是可以倒塌散落的，这世界的角度太多了，真是不知道哪种才是最准确的理解。

就是那个空姐，后来在一个月内，我陆陆续续在不同的时段里给她发短信，生机勃勃的清晨，慵懒的午后，无聊的夜晚，不甘的睡前，我以强大的耐心表达的是问候，关怀，爱恋，诱惑，最后应该是诱惑发生了作用，她同意见我了，那个空姐在我无数次的商场陪伴高额购物下，她跟我在床上开始表面玩耍了，而我就用力了，她抵抗失败最后被我进入了，她很恼火，或者是表现得很恼火，若严格定义这是属于强奸，或者她当时也是这样认为，因为第二天一早，我就基本没遇到抵抗，就顺利进入了，当然第二天她的购物更加疯狂。

以我现在的阅历，胡京端和我的区别是，他用了几个小时抢走了我几个月的日思梦想的结果，时间长短的问题，他属于强奸，我属于男欢女爱。

胡京端说千万不要报案，你说吧，我什么都同意。

我说你将以后山东广告业务全部交给我代理吧。

他松了口气，因为他靠近椅子，他准备坐下来了。

他说这个可以，这些目前在我的意料之中，

"另外，你先给我拿二十万元吧。"

"这太多了，家里人会奇怪的，我只能给你十万。"他眨了眨眼看着我，

"不行。"

"要么两年内陆续给你吧。"

"你现在就转给我十万。"

"我现在只能转给你五万，我只有五万，另外的五万我明天转

给你。"

就在我提供账号的间隙中,他说我怎么知道你是管青的男朋友,"我给管青打电话她也不接,发短信她也不回"。

我把我的手机递给他,有一堆通话记录,还有我俩往来的短信。

他看了看什么也没说,然后拿出电脑开始给我转款,他不停地颤抖,那一刻我也是怦怦心跳,直到我看到了转账成功的提示。

我仍然瞪着他,表情仍然不放松,他表现得战战兢兢,我俩都站在人生的转折点上,都在经历第一次。

"管青让我杀了你,我也想杀了你,但没想到我竟然跟你这么做,管青若知道我跟你这样,她会愤怒的。"我此刻装出自责的神情,这么说是因为我需要他按照我的设想做事了。

"求求你了,我知道错了,我真是喝醉了,你好好跟她说说。"

"你明天给我转另外的五万,我若没收到,还会砍你。"

"求求你了。"

"你明天如果不转,明晚就在你家跟你见面。"

"好的好的,我明天一定转。"

那一刻我俩突然进入寂静中,就像那扣在骰盅里的骰子。我想到这个比喻是因为我俩其实都在这生活的摇晃中眩晕了,都不知道下一次呈现什么,至少当时对于我来说要找到主动,实现突破,我猜想这种寂静是黑暗中的恐怖。

他仍然满脸通红,看了看我又问,"你到底是做什么的?"

"我是记者。"

"若代理我们的广告你首先就要有公司。"

"那你给我搞一家吧。"

"这个你只能自己搞,无人可以替代。"他缓了缓,喉结上下运动两下,这是他的坚强。

我说你放心,"我不会没边没际地搜刮你的,三年的广告代理就行"。

他说那就谢谢你了。

"那你给我写个合同吧。"

他开始在电脑里找合同样本了。

我成功了,应该说我开始从事艺术创作了,幼儿园小学初中高中大学直至我踏上社会,我一直被教化中,我只是学会遵守社会的一切工具,包括语言习惯风俗,然后是按部就班地被拘束,但现在真变了,管青改变了我,我开始使用工具了,甚至开始设计,开始施行,现在看来我的艺术生涯从此开始了。

学会使用工具真的很重要,我后来接触到一些神奇的人,他们告诉我怎么使用网络,怎么使用警察,怎么使用政府,他们说这些都是工具,巧妙利用就行,千万别把这些工具当成信仰。

13

最后的结果是他发誓诅咒,我收起了我的菜刀,离开的时候那缓慢的下午还在持续,阳光还在扫射着。

我有种不安的感觉,就是这事异乎寻常地顺利,都在我意料之中,这是几套方案的最好结果,顺利得让我怀疑北京是否就是这么简单,他太慌张了,一个高大的汉子竟然不停地哆嗦着,现在的他和原来的他不一样了,原来的他其实被我杀了,原来的他已经死了,现在的他是我创造出来的。现在每当我回忆时,那个场景始终是个颤抖的重影。

我后来想这也跟胡京端的经历有关,他太顺了也就太任性了,遇到我这种光脚不怕穿鞋的三代赤贫家庭的出身,一个在底层挣扎的家伙,他这种人通常会失败的,像饥饿的蒙古族杀进中原建立元朝,愚昧的满族拥进长城建立大清一样,他们是不需要道德的野兽,是习惯血光世界的,是茹毛饮血的。

他的起点是我一辈子的奋斗目标,我会因为公平因为嫉妒因为无知因为冲动而砸碎摔碎一切的,我是赌命的,而他是功成守业的。

当然也不准确,若从我妈妈家论,我姥爷的身份是地主,当年是在济南读过高中的,属于高级知识分子,但后来混在家乡,被一股脑地划为地主也就被搞成赤贫的。

我还怀疑了历史怀疑了文化,历史不就是大家为了衣食住行的争强好胜过程吗?!文化不就是成者王的喜悦,败者寇的哀叹吗?!

我跟胡京端摊牌的时候竟然流出了眼泪,这对我是意外,眼泪迷惑了他,也迷惑了我,我开始寻找自己的过去自己的现在甚至自己的未来,这是来自什么动力?这不是过去的我支配了现在的我,而是未来的我支配了现在的我。

面对前半生,我一直觉得是在旅途中,我是在不停地奔跑中,我冲向整个济南冲向整个世界，所有的人都成为过客，包括管青，她只是陪伴了我一段时间，我还在继续奔跑，我跑过很多人的人生，我一直没有停下，直到后来定居到国外，我看到自己的尽头了，跑不动了，我停下来了，世界停下来了，朋友开始固定了，我称之为后半生开始了，其实后半生和前半生不能理解为一半一半，不是像甘蔗那样，在我的爸妈监督下我和弟弟各平均一半，而是不同长度的一段。

我开始想管青怎么办，我怎么才能让她明白原来的胡京端已经死了，是被我杀死的。

就在摇晃的列车上，我不断地想着方案，脸朝向窗外，免得对面的人搭话。

初三时我的学习成绩一直徘徊在十多名，望着那名次在前面的家伙们，我不断变换着提高成绩的方法，我发现走在上学路上脑子是空闲的，然后就每天上学低头走路，想着那些令我困惑的题目们，真没想到这种习惯我还在延续，并用到了爱情故事里。

退房时给管青打电话了，我说这胡京端又突然出国了，他不会事先得到什么消息了吧，你没再跟他联系吧。

这句话对管青是个攻击，她立即回应道当然没有了，"他打电话发短信我都是理也不理看也不看"。

我对短信的说法还是心虚了一下，于是平静地说："那就不知道咋回事了，真是没办法，我还是先回济南吧。"

我能感觉话筒那边的她似乎舒了一口气，她说那你就回来吧，你辛苦了，我说那晚上一起吃饭吧。她嗯了一声。

要让管青的想法改变，这可能性真的很小，但我要去做。那晚我就游逛在赛特商场，没想到里面东西奇贵无比，我开始后悔管胡京端要少了，北京这里钱的数量级跟济南是不一样的，不过我还是买了化妆品，一整套的，花了五千多，属于高档的，但对比后来的那个空姐，那都是一万起步。

管青见我的时候表情是平淡的，这让我心里冰冷，这种感受我不是第一次浮现，小学时有一天我对妈妈讲班级中的笑话时，就在我啰嗦的过程中，妈妈说你闭嘴吧，我正忙着呢，哪有心情听你叨叨。那一刻的冰冷和管青带给我的冰冷都是一样的，我在这同样的心境下就对自己的背叛有了借口，这都是你对我的态度带来的，你应该承受。

当我拿出礼物时，她灿烂地笑了，打开后她兴奋地哇了一声，"这都是我的吗？这么多呀，这么全呀，这么高档呀，这都是我一直想买的呀。"她小心地打开挨个儿闻，我觉得她根本不在意周围了，不在意悲伤了，不在意未来了，我望着她的欢乐体验到自己的悲哀，我此刻想到了冯小璋，若他是我，在这些礼物中他也会被她遗忘吗？

这持续了有十分钟，她没问这些东西的来路，她没问我的衣食住行，她没问我的车马劳顿，这些都堆积了对她的怨念，也就强化了背叛的道德辩解，但看到她漂亮的脸蛋和粉白的肌肤还有柔软的身姿，我的口水和我的激情慢慢泛起。是真没出息呀！

情欲会淹没一切的，英雄豪杰都会被女人搞得神魂颠倒，情欲真是社会的驱动力，它潜伏在爱情里面。

我说你还想杀死胡京端吗，她说一定要杀死他，这一刻她还很坚定，她的愤怒还闪烁在眼睛里，我说你知道吗，我杀死他咱俩也就很难活了，会被抓住的，会被枪毙的。这话很明显她想过，她的眼神开始浑浊起来。

　　我在火车上的时候想象着我和管青会抱到一起，我会抚摸亲吻到她的每一个角落，她就是我打下的江山，我要在她身上建立我的权势，我已经有期待了，我已经准备好了，但她推开了我，就在我的房间里，她说她不要，我说你几天前不是已经说把你全部都给我吗，怎么现在又不行了？

　　她噘起了嘴，"你是不是不想杀他了？"

　　我说万一杀了他，"警察会抓到你我的，那是他们的专业"。

　　"你不会找到万无一失的办法吗？你不是办法很多吗？"

　　"好吧，我再想想吧。"当发现她又强硬起来，我就退让了。

　　送走管青后，真的太失望了，这么贵的礼物竟然没有发挥任何作用，我没得到她，还被她转移了话题，她的表现让我反复回顾是否说话和动作不协调，这一路积聚的性欲无处释放，另外胡京端将剩余的五万元汇到我的账户了吗？我的事业应该就此开始了吧，我可以打江山了，我又兴奋起来，在这些深不可测的烦恼和万丈雄心的合力交织下，我竟然一如既往地进入了睡眠。

14

　　一大早去了工商局，搞清楚了一堆规定，发现有些规定是我跳起来也够不着的。

没想到在门口还有一家注册服务，其实就是将各种规定解除的，说到底根本就是卖执照的，八千就可以买，很巧的是就在我跟他们探讨规定的时候，收到短信，是胡京端发的。

"钱已汇出，请查收。"

我跑到银行，果真已经到账，立即回复。

"款已到，谢谢。"

我也变得很有礼貌，这只是表达，没有什么深层的意义，如同收据一样，只是这个收据做得漂亮，但礼貌真是个摆设，千万别当真，当真了就要付出代价。

我那一刻对胡京端充满了感激，这家伙其实真可爱，很守信用，我抓紧注册，我马上付给中介订金，我开公司了我当老板了。

齐鲁国际大厦是豪华写字楼，那几个繁体大字还有英文字母庄严气势，我每次路过那里都有种错觉，世界的大事应该有一些是在其中策划的，我后来在那里入住很久才知道里面也是鸡毛蒜皮八卦饶舌，跟街巷小户并无二致，但当时进入时我是心怀颤抖的。

面对接待的郝经理，自我介绍是《三联》报社的，需要搞个外联部，可以给你们免费宣传，能否给我间办公室，这位郝经理说我们不需要宣传，我们没有免费的写字间，只有收费的写字间，我说要么您给打个折吧。他说这个可以谈，他笑眯眯地，只露出上下四颗牙齿。

第二天我回报社了，跟主任说我大获成功，当然吹嘘我是多么辛苦，为了更加生动和形象易懂，我特意把马不停蹄和马到成功这两个成语拉伸扯长，说我像奔马一样不停地奋蹄狂奔，客户是一家外资公司，他们本来如何如何，但经过我这个不停蹄地反复踩踏，对方就准备投放了，然后我就成功了。不过对方还要测试首期效果，希望报社可以发篇报告文学类的文章，吹捧一下负责决策的胡总，这样有利于下一步大规模合作。

我能够这样做，其实是源于博览群书，我在大学时大部分时间是泡在图书馆里，当然不是看专业书，而是看心理学还有小说，当时朦朦胧胧的感觉是人没有好坏善恶，我对所谓的好人没有特别地感动，对所谓的坏蛋也没有特别地厌恶，人就是像水一样，不同的容器会有不同的形状，我要把胡京端放到我需要的合作形状上，那就需要将他捧到人群的上面，他就自以为与众不同了，他就会履行承诺了，也会弃恶从善了，现在看来，按照这种感觉做事还真是对了，这有点佛学的高度。

主任哈哈大笑，"没问题没问题"，然后他就用手掌抚平他的后脑，那里应该变得更加光滑。

我已经写好稿子了，就将稿子给了曲文中，我说哥们儿你改一下就发吧，他说咦你这人真奇怪，都写好了就自己署名发表吧，我说不行不行，需要你把关，另外广告部的人干编辑部的事会被人说闲话的。曲文中说真看不出来你还有这样的情商，你这人是能做大事的。我哈哈大笑说别夸我，这样会诱惑我请你吃饭的。

人其实就是被时间驱赶的羔羊，就在早晨，我突然惊醒，我发现了一个问题，若管青看到了这篇报道，或许会联想到我的北京之行，或许会认为是我干的，我一定很难解释，我靠，怎么做事这么不周全，这可怎么办呀。

若要求编辑部那里不发稿，我也不好解释呀，不行，先拖一下总是可以。

我点头哈腰嬉皮笑脸地对主任说，胡总那里有个全盘的广告计划，他希望稿子和他们的广告一起配合开展全面战略性行动。主任面无表情说这些商人有一个算一个都是奸商，做事总是各种说辞，总是一堆理由，太难伺候了。不过客户是上帝，那肯定要配合，早发和晚发都是小事，我这里好办，你别被骗了就好。

我说放心放心，那接到胡总的通知后您就安排发表吧。他说好吧，一定要为奸商服务好。他毫无表情，应该是心事重重的神态，我好奇说这么浮躁的话是种什么心情。

那时的我一直埋在生活里面，看不到别人的境界，看不到生活还有蓝天白云艺术音乐精神，那时的我一直被现实利益捆绑着，每天像动物般抢夺一样做事，表面是人类社会，实质上是动物世界。

担心节外生枝，见到曲文中时说哥们儿，稿子等几天再发呀，他说其实还真需要等，这种马屁稿子是需要排队的，这话让我想起在大学食堂时买馒头排队的场景。

15

傍晚和管青在一家小餐馆吃饭，本来说去我家里吧给你炖排骨吃，她说只想在外面吃，我估计她不想让我对她搂搂抱抱。

"你每天情绪低落，公司上上下下还有爸妈不说什么吗？"

她明显顿了一下，然后说，其实有些事冥冥注定，在我被那个的那天，我家的狗死了，我其实很伤心，也正是因为那条狗我就喝多了，后来我就说是想念狗了，唉，那是陪我长大的狗呀，我的宝贝呀。她抽泣起来。

我不敢深问了，需要转移话题了。

亲爱的，咱俩去香港旅游吧，你这样的状态是容易生病的，我陪你去散散心吧。

她斜着眼看我，"你有钱吗？"

我说最近工作出色，搞定了一家大客户拿了一笔提成，可以请你去玩。

真的吗？她的两眼放光，泪水也闪光，这种光芒我现在还记忆犹新，这是种惊喜，我受到了激励，立时就觉得男人就应该给女人这种状态。这是种义务。

看来这是种大男子主义，爱情可以让双方愉悦，这是男人的义务，也是女人的义务，义务应该是对等的，当时我是想不到的。

她已经情绪好多了，我俩紧紧地抱在了一起，长时间亲吻，看出来她也开始享受接吻的甜蜜了。

她突然停下来，眼睛一瞪，你什么时候杀了他呀，你不是骗我吧，我一个月工资都给你了。

时间一长我就发现管青这人的特点了，她不是个持续聪明的女孩，她会偶尔聪明，就会偶尔发现什么，这样就不会有规律，就会很难对付，我就一定要认真仔细，尽量不要说假话，但大事上不得不说假话时，那就在关键的细节部分稍稍拐个弯。

要是想不留痕迹地杀了他，就一定要有耐心，他现在在国外，不要着急。

我说这话的时候是语重心长的样子，在主流的作品里和课堂上，语重心长这个词会让我倒推到主语的高端大气上档次，也能顺推到宾语是以正经严肃谦虚的态度呈现的，这是我心里的风景，果真管青不再说什么，我俩继续亲吻。

港澳通行证很快就办好了，旅行社也已经订好了，过二十天就可以出发了，管青很高兴，我觉得这是一种放生，让她从湖泊冲进了大海。

就在报社里，我说领导，那家蝴蝶手机要求十月十五号稿子见报，他们就开始整体宣传。

主任问他们的广告费何时到位，我说"应该等我从香港回来吧，这次我去香港还给他买块表"。

主任很惊讶地看着我，你还要去香港？

我说，是的，主任，所有费用都不用报销，广告做成了，我的提成足够了。另外我顺便带女朋友去，您能准假就行。

你还给他买块表？主任先是疑惑再就是哈哈大笑，他的眼光流露出一种欢喜，表明赞赏我的真诚和精明。我应该没有解读错误。

我的主任是文学硕士，他一定水平很高，这不需质疑，他会自认为是驰骋疆场的汉代飞将军，我就是只喽啰，他会吸引强敌的注意，我会做个轻快的补刀手，这样的定位，他一定很满意，但他不知道我这补刀手是专攻下三路的，也就是他不齿的下三滥。

16

我给胡京端打了电话，我说胡总，我要带管青出国散心了，我的公司也注册好了，请你抓紧安排广告，他只是说好好好。

打完电话后我将通话记录删掉，做事要滴水不漏。

我有时还模仿胡京端的心理，若我是他怎么办，若在一定的敲诈范围内，他应该会忍受的，我就要在这范围内，慢慢获益，简短的评价就是财色兼收，我阴险地笑了，这是小说里对我这类人常用的词，这一刻的夜空中应该还是云月奔涌。

我告诉她要开公司了，管青问我怎么还有钱开公司，我说开公司不需要有钱的，有业务就行，她说，你能行吗，你这外地人，别赔了。

我告诉她：我要么不出手，若是一出手就是下死手。

她说，看不懂你，你这小个子。

真没防备，一下子被击中了，非常厌恶别人这样说我，因为我是中等个，我就没觉得自己矮，另外这样的说法一下子把我唤回高中时代了，我猛然进入高中时的枯燥课堂里了，那是个我压抑苦恼的时代，那个时候我发育晚，才是矮，看着喜欢的女生跟我个子相仿就很自卑，没我学习好的同学但高大威猛，比我学习好的更是意气风发，而我只是普通群众，只能憋屈着看他们在班中各种表演，高中时代埋藏了我太多烦恼。

自卑的感受被管青的话一下子捅出来了，像马桶里的奔流，我挖出了曾经的烦恼，据此找到了自己的正义，她伤害我，我就不应该对她太好。

我和管青是在十月十号登的飞机，一周以后回来的，那些天我俩住在一个房间里，每天都在兴奋地被导游累着，我俩没有发生关系，她有恐惧的心理，我有稍稍的心烦，因为那里被胡京端占领过。她说没想到世界这么美好，这次见识了，以后死了就没什么遗憾了。

我本以为她会说，以后要多出来见识，以后要好好珍惜生活，没想到同样的说法会导致不一样的结论，如同她从大海又回流到湖泊。

我给她买了两个包，花了三万多，她非常开心，那些天对我低声细语了，我觉得要在她的温柔里融化了。

一切都顺畅，我回来后就拿到了全套的工商手续，然后税务局办证，银行开户，买办公家具，买老板台、老板椅，我就端坐下来，头顶上方悬挂着工商执照税务登记证，上面印着我的名字，那一刻自认是个有身份的人了，我进入上流社会了，开始扬帆远航了。

我的公司名叫纵横天地广告公司，地址设在齐鲁国际大厦，其实只是我一个人，办公室只是十多个平方米的没有窗户的小屋子，以前应该是储物间。但名片上的我却要让那些陌生人生出高端大气上档次的感受，这很像乐山大佛，其实就是堆石头，但从远处呈现拯救万物的慈悲。

胡京端很惊讶"这是你的公司吗"？我用传真发过去营业执照，

上面证明了我的法人身份。他问你到底是什么背景呀，我说我跟你提过，我是有关系的人，我在宣传部是有亲戚的，我的描述一定在胡京端脑子里形成了一片奢侈。

就在香港旅游的时候，那篇对胡京端的吹捧文章发表了，胡京端还是有些吃惊，我那天在报社门口接到他的电话，他说没想到你做事情还是有诚信的。我说虽然你睡了我的女人，虽然我想杀你，但事情已经这样了，我做了我应该做的事，希望你能履行你的诺言，这事可以有个好的结果。我是把他看作一个不留神失误的土匪，我给他机会就是为了得到我的机会，现在看来，我的道德是被我的利益携带着，月亮就是被地球带着圈圈转。

我跟胡京端通电话的时候报社门口人来人往，有人跟我打招呼，有领导路过时我还点头哈腰献媚讨好，这样的确影响了我思维的连续性，话语的衔接出错了，有些话被跳过了，有些话多余了，我忘记趁热打铁要他付给广告费了。

17

那些傍晚我都和管青在一起，我给她做饭或带她去各种餐馆，她像公主一样被我娇宠着，她开始更多欢笑了，现在想想我竟然能对一个人这样好，真是不可思议。她或许也养成习惯了，她说金泰广告公司的总经理皮昆仑要被替换了，我问为什么，她说内部竞争上岗，她又问，你不嫌弃我吗？说这话的时候她的眼睛盯着我的眼睛。我说我不嫌弃，无论多少女人跟你竞争，你也会永远在岗的，你是完美的。她呸了我一下，白了我一眼。

爱情里面很多话都是双方临时搭建的浮桥，短兵相接的时候，双方都是要讨对方欢心，万千思绪如同千军万马，一旦战事平静，神秘戳穿，兴趣降低，那些话也就无处可寻了。我其实还是没搞清楚她是否爱我。

胡京端始终答应给我山东代理，但始终没有实际动作，我觉得还是要再去趟北京了。我对管青说我要去北京了，这次不能让他逃脱了。她说你一定不要冲动呀，要盘算好了，观察好了，一定不能被发现了，做之前一定要先告诉我呀。我能看出来她有顾忌了，这么长时间的欢乐应该开始腐蚀她的仇恨了。

我就坐在胡京端的办公室里，透过落地玻璃可以看到四环路，那时的车还很少，超速还没有进入管理，无论什么样的车都以自己的喜好快速飞奔着，他跟我解释着有几个特别的代理不能给你，因为那是关系，那是公司和他的无奈，当然最后他还是给了电视台和几张报纸的代理，他说你要从代理上赚钱而不能将广告费截流，否则你我都吃不了兜着走，问题如果爆发，钱也会被搞回去的。

我说你放心吧，我跟别人不一样，我需要的是赚钱的工具而不是钱。

他说好吧，希望我的赎罪相等于惩罚的部分。希望能获得你们的原谅，他现在跟我说话不再蹦英语单词了，很好，他正向我喜欢的样子发展。

我说，不是我们的原谅，是我的原谅。

你这什么意思？他看向我的眼睛，

管青永远不会原谅你的。

嗯，这我理解。

不，你不理解，因为我做的这一切她都不知道。

你说什么？他猛然间直起了身体，瞪大了眼睛，他愤怒了。

她让我杀你，我不会杀你，我是想慢慢让她解脱的，因为杀了你实在没用，只有坏处没有好处。你没发现，她很久没找你了吗？

他一直呆坐不动，眼睛木木地望着我。过了很久，他应该是想通了，大家都是聪明人。

你妈的，你小子真是有种。他身子塌了下来，他放松了，我笑了，在这灰白的天空下。

他将广告投放方案扔给我，他说你他妈的回去跟各媒体谈吧，他摇着头并不看我。

我终于把欺骗降落到了真实中，是平安降落，四轮着地，另外终于将诚实这个词又绑到我身上，当天下午我就在那个名叫百盛的商场游荡着，我要继续给管青买礼物。

我是在凌晨回到济南的，我很兴奋，我要马上投入到我的事业上。

晚上当我把套装捧给管青时，她瞪大了眼睛：哇，太漂亮了，真适合我，我太喜欢这个牌子了，爱死你了说着就亲了我一口。

我笑着看着她在穿上脱下，似乎她忘记了我的谋杀任务。

这套衣服花了一万多，她没问我就没办法说，我有说的欲望但又无法说出口，后来又觉得她是不想问。

她还是想起这件事了，她问这次什么情况，我说我摸清楚他住哪里了,他有个女儿,但他往下十天要参加一个全国的什么大会,是封闭的那种,没办法,我靠近不了,先回来吧。

为什么坏人会幸福,而好人就要痛苦?她好像要哭了。

我说别这样,君子报仇,十年不晚,坏人的痛苦就要来了,好人的幸福要到了。

我俩抱到一起了,感觉这一次我俩的对话和表情都有点轻浮。

我说开的广告公司在齐鲁国际大厦,管青哦了一声,然后说还在那么高档的地方呀,皮包公司还需要这样的排场呀,我突然不知道怎么应对了,也就不再说什么了。我俩继续亲吻,亲吻之后,我想我已经抵达爱情了

现在就不这样想,只有做爱才算抵达爱情,爱是需要穿透女人穿透男人的。

18

我开始按照胡京端的合同投放广告了。

我在见电视台广告部主任之前是有预期的,他应该是严肃认真一丝不苟的,他应该是正襟危坐洞察世事的,我这毕业于普通大学的,还补过考的,还有痔疮的小混混应该小心翼翼,应该谗言佞语眉开眼笑,这样就会换取原谅获得同情就会达到我的目标。

后来我明白了,所有人都有一堆自己羞于口舌的丑陋或者害羞,每个人其实都一样,无论他贵为天人还是贱如小鬼,所以我

现在见到任何人之前都会知道那人只是模子中的人，他会有欲望他会有骄傲他会有自卑，你只要符合他的需要，你就会受到他的欢迎，如果你不符合他的需要，那任何的谦卑礼貌都是隔靴搔痒毫无用处。

我就在小心翼翼中走进电视台，见到广告部主任的时候发现对方也是嬉皮笑脸的状态，这让我放松很多，自我介绍是蝴蝶手机的山东广告代理，主任连说欢迎欢迎，边招呼让座倒茶边嘘寒问暖。

我对电视台和报纸的理解是简单的，没想到这种简单其实是诛心的，这有点像一个无知的孩子超越了得道的高僧，我竟然认为电视台的成本是电费，报纸的成本是纸钱，这种胡思乱想有点像靠中大奖挤进富人圈的富豪，所以我跟他们谈价格时就显得残酷无情。

当主任告诉我只能是五折后并号称这是全世界最低价时，我就想问怎么电费能够这么贵，张嘴问的是能否一折。他就冷脸了，他说这不是菜市场不能讨价还价，他面露强势，我只能开始微笑解释了。

就在这尴尬的时刻进来了个女孩，一看就面熟，当然是单向的。因为她是小有名气的主持人，她的出现打断了我们的谈话，这种偶然就改变了我的人生进程，难以置信的偶然，这种偶然被利用，然后被展开，然后进入更多的偶然。

广告部主任叫木宁，对着这个女孩，他笑逐颜开，一看就是献媚的神态，以我现在的经验就是想上但上不去的媚态。

主持人是淡艾，她问主任栏目冠名空了很久了，现在怎么样了呀，记得那天很冷，她穿着大红的羽绒衣走了进来，还裹挟进来一股冷风，她的双颊通红，这样她有点像夕照的美丽。

木宁主任就朝我努了努嘴：你问问这位子总吧，看他能否帮忙。这句话将偶然继续推进，这个女孩将我的未来改向了

她看向我，我俩的眼光就相遇了，就彼此笑笑算是招呼，她问"子总是做什么的呀？"

我望望木宁，我是蝴蝶品牌广告代理。

哦，那太好了，我们的栏目就适合这品牌。

不过子总出的价格太惊人了。木宁似笑非笑。

我说，不是我的价格惊人，是电视台给的价格惊人呀！

知道流行风吗？这是我们的栏目，我们栏目会让您满意的。

我们就这样对话了，后来我才知道淡艾比我大三岁。我当时对他们太敬仰了，电视台所在的大楼有武警把门，每次进出需要证件转换成入门证，而他们只是亮一下工作证就行，他们毕业于传媒大学或艺术院校，是有家庭背景的，还有硕士博士之流的人物，他们是记者是社会精英社会榜样，而我只是个混混。

后来我知道了，他们中有很多人没什么学历，主要是强大家庭背景，这样他们可以分配进电视台、报社，单位高大上，岗位很普通，他们在目标之外跟我们一样都是自私自利。

反过来他们其实对我也有某种崇拜，这是建立在我的名片、我的眼镜、我的油头粉面和我的吹嘘上，他们把我想象成另外的高大上，这样我们彼此都各有心虚，就能平等友好地对话。

我说很荣幸跟名人合作，她却平静地看着我说，不用客气，希望您能帮助我们栏目。然后她伸出手来，我跟她握了一下，手温热，她的从容在我心里震动了一下。

我和淡艾就这样认识了。

19

晚上我跟管青在一起的时候，我看淡艾主持的栏目，开始想着淡艾，她真是个别致的女孩，这种女孩改变了我对女人的认知，世界如此丰富，她是和文化内涵庄严肃穆这类词配套的，而我和管青呢，是跟青春美丽嬉笑怒骂街头巷尾相符的。

我在小学初中高中大学工作后都喜欢过不同的女孩，时间都不很久，也算上见异思迁了，她们有各种容颜有各种气质，都是我认为的美丽，包括管青，她们都是成长阶段中的绽放，是自然的流露，是没有雕琢过的，而淡艾不同，她似乎是修养后的魅力，是理性下的光彩，像当年在南门桥上挑担的人，有的自认是清朝的人，有的自认是民国的人。

我骑一辆红色的赛车，是个二手自行车，那是朋友的朋友的车子，当时一句话跟着一句话就达成了交易，这种车在商场里呈现各种摆放，但我一直没注意，商场毕竟是精打细算的地方，朋友推荐后就引起我的注意，就觉得酷，适合自己的效率感觉，精细盘算就被无视了。

这辆车带来风风火火的感受，我就是骑这辆车被朋友们呼来唤去乐此不疲，但时间一长骑车就变成自然行为了，我骑在文化西路的时候就想找谁玩呢？那是个周末，管青说她要跟爸妈爬泰山,还说在爬山的时候将我跟爸妈说一下,不过她说,你是小矮子,我妈可能不同意。

我真生气了,我说了一万遍了,我是中等个。

她说这没用,在我们家眼里,中等个就属于小矮子,就属于二等残废。我问那你爸妈都不同意怎么办?她说再说吧,她也不知道怎么办。我那一刻就感觉像一个壮丁,跟着一个糊涂的将军打天下。

我骑车去了七里山,刘彦东住在那里,他是个怪异的人,经常飘摇在浪漫和理性中,但他浪起来够不着诗人的癫狂,逻辑起来追不上理科生的严谨,这样他就整体显现出一种有趣的。我见他后就听他吹嘘怎么赚钱,他在一家咨询公司做项目经理,具体说就是跟随一些社会热点编造一些理论然后全国范围内召集培训班,骗骗乡镇企业或暴发户什么的。他说最近策划了个什么"互联网经济中国"研讨会,现在公司上下都在忙这大项目,估计全国会来一千家企业,每家企业交一万元,这样营业额会有一千万,他会得到百分之十的提成,也就是一百万,他要成百万富翁了。他一直在笑着说着,嘴角边泛着白沫。他还说若有了一百万他就开公司,然后他做董事长我做总经理。我说我已经开公司了。他说真的假的,不过没关系,我的公司将来可以收购你的公司,你还是可以做总经理。我说妈的你怎么总想高我一头。他说我本来就高你一头,事业上再高你一头。说完他就哈哈笑着,还不时地用他的红舌头舔他的烂嘴唇,我看着恶心就不想再争辩了,这样他就继续兴奋,然后就会请我喝酒吃饭,我这样心里很平衡。这就是他侮辱我给我的补偿了。

刘彦东吹嘘自己曾经是高中老师，因为担心影响自己的宏伟大业所以辞职不干了，我心里却想，肯定是搞女学生了被家长打出校门了。因为我听过一条新闻，说是他的家乡发生过这个事故。我俩之所以认识，还是我在通联实业公司做秘书的时候，他来拉业务说怎么搞企业战略。后来他辞职后告诉我，他所在的咨询公司还在朝不保夕地活着，竟然还教别人企业战略，真是无比滑稽。当时是我应酬的他，我也被他忽悠了。

我刚下海第一家就是在这家通联公司做秘书。说到底这家公司规模太小，老板还没学会怎么当老板时就垮了，这当然是我现在悟出来的。

在我梦想的宇宙王国里，我召见来自地球的代表，我问他地球现在是什么政治经济形势，他说已经没有国家民族的区分了，地球只有一个政府了，一个民选政府，人和人相互平等。我哈哈大笑，我说我活着的时候还是很英明的，在地球的岁月里我一直认为什么爱国主义传宗接代是浪费情绪。他说是的，你不愧可以变成国王。他没说您这个字，他说你。我知道这家伙其实对我并不尊敬，他认为我并不需要尊敬，宇宙之内万灵都是平等的，尊敬也是浪费情绪。

20

栗共晨给我打电话说让我请他吃饭，我问对我有什么好处，他说没好处但对他有坏处,我问为啥,他说他失恋了,这样他会觉得不如我快乐,这样他就输给我了,既然我赢,我就该请他吃饭。

我靠,这属于神逻辑,当年十字军东征也有类似逻辑。我说好吧,我这人既善良又公平,你在老转村火锅等我。

在热气腾腾的火锅面前我听他的失恋,这方面他延续以往的弱智。每当我指出他的过错时,他就说不是那样的,然后他又一堆细节。我总是听他说,他似乎在证明自己失恋的偶然性、特殊性和英明决定,我说妈的,失恋怎么还让你证明出自己的伟大了,你还要脸不要脸。他说你别着急自卑,这就是事实。当然他认为事实的背后是女人还是不够完美,我看他情绪高涨的样子,想还是不刺激他了,还是积极主动买单吧,另外再找个听众吧,就说再喊华光族来喝酒吧。栗共晨说好好,这家伙正谈恋爱呢,看看能不能帮帮他。

华光族在电话里说你俩有没有诚意呀,早说呀,这个时候过不去。我不知道栗共晨脑海里呈现什么画面,我脑子里的画面是华光族正诱惑女朋友宽衣解带呢。

华光族的女朋友后来转成老婆,老婆再后来竟然做了高官,这真是神奇。当年他老婆总是很温和的神态,很有一副无欲无求的面孔,现在的我有时会琢磨这性格和成就之间的关联,我在大学的时候还在实习单位的人事科翻阅过档案,要找班组长的性格特点,但发现那些人事评论是千篇一律的套话假话甚至应付,毫无学术价值,只是后来看过很多领导传记,发现他们年轻时都是很听话的,只是等到他们独霸一方后才我行我素,这或许是规律。

我现在的老婆说你这人不听话，反传统反潮流，你不能走官场，只能自己做事，成功全靠运气，另外孩子以后不要你教育。

我俩喝得都有点多，我突然想着竹排的样子，我和所有认识的人可以漂在什么样的江河，这些江河会有什么样的神话，这些神话有多少是胡说八道。

管青说她妈妈果真不同意。她妈妈说找个矮个子算怎么回事，怎么可以一代不如一代呢。不过她妈在泰山的时候算了一卦，说现在的男友会成为终身伴侣的，但这男孩不如她的条件好，需要她忍受。看样子算得真准呀，她跟妈妈商量好了，可以见我一面。

我一向很自信，没想到自己的身高会被管青妈妈如此在意，这让我不停烦恼，烦恼的结果是我没有将不满对着自己而是对着她妈妈，没想到见面的结果还不算糟糕。

我经常坐在齐鲁国际大厦的前台接待区，应该大家都是年龄相仿的缘故，还有我是个记者身份，还是个笑容满面的记者，当然是个他们搞不清状况的假记者，这种种原因就造成郝经理的一帮人跟我聊得很好，他们见我也是笑容满面，还给我倒咖啡谈天说地，我就跟他们胡吹乱侃非常开怀，后来大厦里艺术馆的杨馆长也跟我们一起，这样俨然成了一个圈子，彼此无利害关系又似乎有某种关联的小圈子。

我们还评比谁是大厦进进出出气质最好的女孩，这样我们的日常会有很多话题，会生出很多乐趣甚至激情，这样在心里就会有火焰闪动。

下午《流行风》栏目的小女孩给我打电话，自我介绍说是戴英，还说是制片人兼主持人的淡艾安排她打的，问能否跟我面谈一下。

说起来这已经一周了，这段时间我主要还是等胡京端的合同签订，他说需要公司审批，审批需要时间，对于时间我就需要耐心，那就在不得不耐心的时间里蹲守，我需要换个方向主动出击。齐鲁国际大厦每时每刻都在流动着人，这里面有很多都可以成为我的客户，客户就是钱呀，我跟大厦前台套关系的目的其实就在于此，他们认识所有的大厦客户。

自从有了管青以后我对女人有一种慵懒的感觉，完全没有以前那样东顾西盼跃跃欲试的冲劲了，我似乎安于现状了，似乎更加关注事业了。我对戴英说欢迎呀，齐鲁国际大厦人民热烈欢迎《流行风》的领导们。她被我热情的胡说八道感染了，哈哈大笑说那明天上午见吧，我说没问题没问题，每周七天每天二十四小时，每分每秒都可以。

其实跟她们合作真是八字没一撇，首先投放目标是在胡京端那里制定，即便是现在确定的投放计划还没有签合同呢，但我觉得跟她聊天应该不是坏事，可以八卦一下电视台的狗男狗女们，何况还有高高在上的美女名主持们。

21

晚上我跟管青看电影了，她第一次没再提胡京端的名字，似乎她有点逃避她的仇恨了，这些日子十万元花完了，现在开始花我的一万两千多的存款，若是胡京端不抓紧投放，我就弹尽粮绝了，每天的装模作样就很难支撑了。

管青抱着我说这世界只有你对我最好了，我爱你。这番话掀起我心里一波连一波的热浪，我竟然某一刻心里对胡京端充满感激，就像大清帝国消灭了大明朝，促进了民族融合国家统一。

被人搂抱的感觉真好，身体和心理都会柔软。

第二天上午淡艾竟然来了，这还是让我有点惊讶。戴英也是高高的个子，只是不漂亮，两个苗条的女孩站在前台的时候非常引人注目，我的自豪感油然而生，郝经理和他两个手下也很兴奋，其中一个女孩还到处找纸找笔说要签字。我在接待区嬉皮笑脸地迎接她俩，然后还偷着问郝经理有没有什么会议室用一下，我很清楚自己的小办公室只能让自己原形毕露。她俩说这次拜访时间太短，因为今天台里有事，不能出台太久，这样看来我和她们那时还是井底之蛙，因为那时出台这个词是夜总会专用的，我那时还没去过夜总会，还不知道找三陪女睡觉是用出台这个词的，所以她们说出台我就没有笑，若是几天后我一定哈哈大笑，因为就在几天后我才知道这个词。

我转脸对郝经理说麻烦麻烦搞几杯咖啡，还对着他挤挤眼睛，他笑了，他自己亲自忙乎上了。

我一直发挥很好，或者说吹得很好，她俩就不断地笑，我跟她俩大谈广告投放，让她俩感觉到栏目冠名这项目基本我说了算，只是需要时间，时间这个词开始折磨她们了，她们也需要耐心这个东西了，话题抛来抛去，如同小时候玩的毽子。

小学时候我家搬到了一个小镇，暑假的时候我和顾大地、关荣建还有几个女孩在大厦前踢毽子，那时候真是很有趣，但长大后走在街上看小孩子踢毽子时就觉得很无聊。说到顾大地了,那时这小子总是鼻涕很多,还是大裤裆,小时候的他经常挂着鼻涕笨拙地跑来跑去,后来他长成了大个子,还在北京开了个苗圃,但运气不好,竟然患肺癌死掉了。我后来始终纳闷,怎么和苗圃打交道的人会死于肺癌呢,不是绿色植物可以吸尘可以造氧吗?他死的时候只有家人知道,我们同学什么的都不知道,估计是他对命运的愤怒和对同学情谊的绝望吧。死了半年以后我们才得知,他的死活在我们周围毫无痕迹。

  淡艾和戴英也吹嘘了一下栏目的受欢迎程度和收视率的不凡。我突发奇想,为什么我不可以代理她们的栏目呢?我本来没有项目,这样我就可以有靠山了,就能在齐鲁大地旌旗飘扬了,这是个突破,应该像猿直立行走变成人类的开端吧。我不由自主笑了,戴英在叙述中发现我的笑后,就变得有点不自信了。我说请继续请继续,我觉得被你说动心了,她的一番话收尾后我就问你们栏目有广告独家代理吗?

  她俩走了以后,郝经理和他两个属下还在保持笑容可掬,他说你们这些记者真令人羡慕,好像活在万花筒里。我说累呀累呀,做什么都是为人民服务。这时艺术馆的杨馆长听到了,他说记者就会蒙人,都是为人民币服务吧,然后哈哈哈大笑。

  今天是第十天了,胡京端还没有反馈,我突然有种不祥的预感,这小子别是真他妈的忽悠我,看样子我真要再去北京了,一股怒火就在我心头蹿上蹿下,我抓起电话就拨他的手机号。

  他竟然问我在哪里,我说当然在济南,

  "你在济南哪个位置?"

"我当然在公司。"

"就是那个什么国际大厦吗？"

"是的。"

"没有其他人在吧，你方便吗？"

"方便。"我知道这句话是暗示管青是否在。

"好，那你等着我，我十分钟就到。"

妈的，他来济南了，这么神秘，我嘟囔着，怎么这么快，这就来找我了吗？我透过我的眼镜望着这巴掌大的房间，我无法包装自己了。

门敲响了，他进来了，

就这么小吗？这是他见我的第一句话，

你的那关系看样不强大嘛。这是第二句，

有点像诈骗的样子。这是第三句。

这是创业阶段。这是我的第一句，我真是有点心虚了。

我们开始聊上了，老朋友的样子，我其实暗骂自己的无耻，竟然跟强奸犯聊起来了，还是强奸我女人的混蛋，还是我准备杀死的家伙。

我俩一直谈着合同细节，我们都进入一个游戏里，是个需要合作需要配合的游戏，这个游戏是让我获益的游戏。

临走的时候他说今晚要带我去见个世面，就在对面的贵和洲际大酒店。晚上六点，你在酒店的大堂等我，我就住那里。他笑了，牙齿很白，亮晶晶。

下班前我给管青打了个电话，我说晚上跟客户在一起，她哦了一声，别无他话。

22

就在贵和洲际大酒店的二楼中餐厅大包房里，蝴蝶公司的济南代理和青岛代理宴请胡京端，男男女女有十个人。胡京端指着我说是报社的，这是他的小兄弟，是真的小兄弟，大家要多关照。我扶着自己的眼镜有模有样地微笑着。他说得没错，我的确见了世面，第一次在这么高档的地方喝酒吃饭，饭桌上有鲍鱼，我第一次吃并不知道有多昂贵，竟然感觉没那么好吃，竟然剩了大半个，胡京端太能说了也太会说了，他的话笼罩了整个饭桌和整个时间，我竟然在他的话语里面有了安全感和幸福感，甚至还想，若管青在这个场合中是否会改变想法，甚至还轻微地怀疑，胡京端怎么可能会强奸她。

他们相互间很熟，喝起来反复谦让非常亲热，我才知道原来人与人关系可以这么相亲相近，他们都对我非常客气甚至像家人一般，有一刻让我产生错觉，我来到了神圣世界，这是一些可以飞在人群头上的人，他们喝多了，我也跟着喝多了，后来才知道这种关系来得快去得也快，酒醒后大家还是一副公事公办的样子，也就是说从神圣世界回到现实世界了。记得尼采说过酒可以带来艺术感，这样人才会真正快乐，我应该是在艺术里转了一圈，一场酒就是一场艺术之旅。

后来酒醉的场合越来越多了，但现在酒醉的场合越来越少了，我已经不需要酒的帮助了,我的艺术感越来越强了,我慢慢可以将此地看成家乡,把朋友看成陌生人,把过去看成现在,把未来看成现在,把无聊看成舒适,所以我就会不激动不认真不崇拜不希望。

大家相互搀扶着到了地下一层,那里是夜总会,当一排排女孩站在我们面前时我还是震惊了:平时街面上很少看到漂亮女孩,怎么这里可以聚集这么多?!我甚至还想这样漂亮的女孩怎么还做这个呀,她们的未来怎么办。后来慢慢才明白,我是通过自己的道德观和书本见识看着别人的人生,姑且不论自己的道德观和书本经验是否正确,我是一个有限的东西,一个有限的东西去判断别人的无限就是一种偏见,就是一种低估世界的自以为是,这是一种愚蠢。

我现在要学会尽量放弃自己的观念,尽量不判断别人而是欣赏别人。

胡京端指点两个女孩坐到我的身边,其中一个女孩身高竟然有一米八。胡京端说你这身高的人一定喜欢高个子,他哈哈大笑。我远远不是那个要杀他的声色了,我变得害羞了,胡京端对着她俩说,今晚你俩的任务是把他睡了,我给你俩各一万元。他现在颐指气使牛气腾腾,她俩说没问题放心吧大哥,我们今晚办了他。

酒不断摆上,我们唱着喝着,我在她们的各种撒娇里享受着。

胡京端说兄弟,今晚喝多了跟你说实话,你别生气,那晚也是管青灌了我很多酒,也不能完全怪我,另外虽然我喝多了,我可以发个死誓,管青绝对不是处女。

我是在第二天上午醒过来,晚上睡在洲际大酒店,胡京端给我开了一间，房间只剩一个女孩了，就是那大高个。她一直笑，我问她你笑什么。她说没什么。我心里一阵凄凉，是以前的自卑跑了出来，也是因为这是我的第一次。

　　说到自卑就想到在初中的时候我个子矮，就经常站在队尾，就经常和高个女生靠得近，就看到男孩对我挤眉弄眼，模糊不清地听他们戏弄我的话，那时就想等我长高了比他们强了，我就一定不会嘲笑不如我的人，从这点看我的确有颗善良的心，也正是这样，我有广泛的同情心，有时还感谢自己曾经被别人嘲笑过的经历，这让我拥有人生另外的视野。

　　我看她笑，就按捺不住跟她再来了一次，她就改作呻吟了，我问她多少钱呀，她说钱已经付了，最后她离开时竟然说，没想到你是个雏，你这种雏，有人会给你钱的。她边说边笑着关门离去。妈的，我在反复琢磨她说的这些是什么意思。

　　我能感觉胡京端其实也怕我，经常在无意中发现他观察我的眼光，他真不用怕，但我不知道怎么让他信任我，于是就什么也不说，后来想或许什么都不说的效果最好。另外真后悔管他要少了，他对于钱的数量级和我的是不一样的。

　　夜深的时候，我会自问这一切是否是卑鄙无耻，这条卑鄙无耻的路还要走多久，我想到了袁世凯，这家伙称帝应该也不是起初的想法，做皇帝不是他的理想吧，我又想他遗臭万年是否可以学习他，又想为啥我要向袁世凯学习呢，我为啥不能超越他呢。

23

我需要辞职了，报社的各项规定我做不到了，但我还是为报社争取了一点广告，这样在跟广告部主任谈的时候就可以理直气壮了，我没说自己开公司了，只是说准备给朋友的公司打工去。

广告部主任吃惊地看着我，你刚做了个大单子就辞职，你是不是有什么不满意的，咱们报社尽量满足你。

我连说不是不是，我和朋友一起做公司，是想更多的未来。

主任连说可惜可惜，你从一个大池子跳到一个小鱼缸了。

从这个比方我就发现这位主任一定常去洗浴中心和海鲜饭店，因为他的比方就从所见所闻中产生，我并不犟嘴，我只是笑笑，"谢谢领导，混不下去我还会跳回来的，跳回龙门。"

他摇着头叹气，你会碰头的，你会回来的，随时欢迎你回来。

这是他自以为的远见。

晚上见到管青的时候我异乎寻常地从容了，我是过来人了，我亲吻她抚摸她，我已经抵达她的下面了，做爱已经不远了，看出来管青感情投入进来了，她说从小到大你待我最好了，我应该嫁给你。我说我会继续待你好。

这只是持续了一段时间，按理说这是口头契约，在神圣世界是和写在纸上的合同相同一致的；但在现实世界，随着时间的流逝，所有东西都在变化，口头和书面是不同的，口头契约是最容易失效的。

我后来很理解这种变化,艺术也是这样,任何艺术作品都只会猖狂一段时间,然后就平淡,再就被替代,我的宇宙王国里的行宫也需要过段时间推倒重建。

我见到电视台广告部主任时就说,预算已经做好了,今天就能付款,您这里要是不给我好的折扣我就去别的电视台了。

他哈哈大笑,你真是个聪明的商人。

我知道他这是改装了无商不奸的成语,用赞扬来辱骂我,同时用赞扬来给他自己台阶下。

你今天能签合同能付款吗?

我说当然可以了。

"那我可以给你个好折扣,任何人你都不要告诉。"说这话的时候他手里竟然紧抓着一把尺子。

我突破了,因为我不迷信他们,不被什么电视台什么高大上所迷惑,他们也是求钱,求钱的时候大家都是平等的,是互惠互利的,别想既收钱又踩踏别人,商业促进了人人平等。

很明显胡京端不相信我,他只预付了百分之二十的款项,并且是直接付给了电视台,我问他我怎么拿差价呀,他说你也是条汉子,要做大事就不能仅仅吃我这一家,要找另外客户把那钱冲抵出来。现在看来,他是对的,他的这种谨慎变成了一种压迫,这种压迫激发了我,我是在这样的压迫里走出来的,一旦走了出来,就看到外面的钱流汹涌澎湃波澜壮阔,就建立了盈利模式,不再被压迫了,就完全腾飞了。

24

　　小学三年级时我看到天空中飞着天鹅，白色的天鹅是像浮在水面上一样的，我记得喊别人看，但无人看到，真是不可思议。

　　是在茶馆里见到管青妈妈的，很奇怪的是管青完全不像她妈，她妈不漂亮，年轻时候应该也不漂亮，当然她妈妈也不老，比我想象中的家长要年轻，但她妈一副严厉的神情，这让我一下子想到高中时安晓明的妈妈了，我去他家乱动乱摸，当时边上有女同学，我这样做其实是一种炫耀，炫耀我跟安晓明很熟，他妈就是以这种眼光制止了我的随便。

　　这种严厉明显吓住了我，管青妈用这样的眼神看我，似乎在表明我动了她的东西，或者是所有的虚假都被她识破了，我反复告诫自己不能哆嗦，她什么都看不出来什么也不知道，她就是这副神情，她对谁都是这样，我控制住了哆嗦，但生出烦恼，我的自卑也跑出来了。

　　她竟然看不上我，瞧不起我，算了算了，我换个女人，我有志气，我愤怒了，于是就想前晚那高个女孩的下体，当然这些都是心里震荡，表情是不敢扭曲的。

　　她妈妈一堆问题，我就回答这一堆问题，我想起家乡的建筑公司了，一堆沙子等待筛细，找出所需要的细沙。她妈妈如同那筛子，筛出她所需要知道的东西。她需要知道什么呢，无非是那些民间羡慕嫉妒的东西，但我的确只有一些，我的现状是大学毕业，家在外地，有爸妈有弟妹，有辆可以用作比赛的自行车，有一堆书，但是我有齐鲁国际大厦的公司，有一些上层关系，有电视台报社的朋友，有业务，有发展。

她妈问我有什么上层关系，我说市政府有个亲戚，我真豁出去了，假话说到底吧。

她妈用南方口音继续问是做什么的呢，我说是负责宣传的领导。

"哦，是什么亲戚呢？"

我眼睁睁地看着她的话肆无忌惮地长驱直入，她真把我当作小屁孩了，我那一刻望向管青，她根本无视我的眼光，还在跟从着这问题，她根本没意识到她妈妈的侵略，或许她还认为这是她妈妈的权利吧。

我的防守很匆忙，内心像被水淹般地挣扎。

我想象的宇宙王国里面设置是三层防守，外太空防守、本土防守和内核防守，都有不同的警卫，这样免得他们串通，这不同的层级中有不同的监控，我在内核防守里面还加了个迷宫，里面山山水水相隔，甚至很浪漫很深情。

她妈妈又看管青，管青回看一眼，然后端茶喝茶再放下茶杯，有茶叶片漂在水面上。

我说她是我妈妈的远房妹妹，她妈妈哦了一声，说那还不错，她妈妈还说你对管青很好，你给她花了很多钱，你这么多钱是怎么来的，我说是开公司赚的。她妈妈又哦了一下，又问你现在有多少存款。我说没什么存款，公司账上有几万吧，但公司现在运行非常好，将来会赚大钱的。

她眼珠停住了。

我暗松了一口气，她妈妈又开始问我爸爸妈妈是做什么的。我说都是普通工人，弟弟工作了，也是工人，妹妹上大学了。她妈妈说那你也要把赚来的钱给他们花呀。我说是的，她妈妈说你爸妈一定很辛苦，你要多孝顺要帮助他们，我说等过几年我发财了我会买房子买车，我会把他们接过来的。她妈妈笑了，然后按着膝盖站起来说有事先走了。

后来管青说她妈对我感受很复杂，说我外在条件一般，家庭条件偏差，但我很有志气很有心机很能干很会说，说女儿跟着我风险无边，她告诉管青不要跟着我冒险。我在这些互相矛盾的评论里似乎听到了表扬，但结论又是批判，我问管青那你怎么办，她说不知道。

25

我此刻在国外的日光下想到了家乡，那里应该是黑夜了，应该是寂静了，都是同样的山水构成，草木构成，因果构成，功利构成，所以我不觉得孤单，也就不思念家乡。

济南的此刻呢，车少人稀，路灯昏黄，各家各户所有的灯光都处在省电的模式下，这是我住了几年的城市，我对它和对家乡一样，都是没有温情没有冷漠。

管青很多天不提胡京端了，我却说到了他，当然我是有意的了，我说等几天还要去北京，要蹲守在他家附近。管青紧紧地咬着嘴唇，她一句话不说，我就抱着她，想她又在痛苦中，我是否太卑鄙了，我的灵魂是否已经和我的欲望冻到了一起。

在我的宇宙王国里我和一个朋友在聊天，我说我们人类几千年杀来杀去，穷的时候是为了生存还能理解，富了以后呢，就为了统治别人，搞些尊严呀光荣呀伟大呀这类虚幻的词汇，骗了多少人呀，真他妈的愚昧和邪恶。我们人类在宇宙太渺小了，时间会改变一切的，费尽心机做的一切经过时间洗刷后都是毫无意义的，毫无价值的。

那朋友说你是忘记了人间事，人活着就是这样呀，要么多无聊呀，你说的那些虚幻的都是信仰的东西，搞点信仰的东西就活着有意义了。

高中同学聚会时我们其实没有特别多的话，见面之前觉得千言万语，但见面后很少有共同的记忆片段，要么是你记不起他说的场景，要么就是他记不起你说的精彩，共同记忆的画面的确太少，相互就没有应和，我们的对话就会磕磕绊绊，我听着他们描述某个片段，突然恍惚了一下，回到了那时的氛围，进入到当时的状态里，那是个我不快乐，是个挣扎的青春时代，我在那个时代是他们不予理睬的，我一下子明白了，突然不喜欢这些同学了，因为他们和济南的周围一样，都是一样的追名逐利，我若没有对济南有热烈的情绪，我对他们也就无需有热烈的情绪。

当彭继北说他准备进入一家国企并要积极上进要求入党时，我脑子有点混乱，这类所谓走正途的路早已在两年前断了，像那个我后来见到断桥一样废弃在那里，我和他的目的是一样的，都是为了发财，走正途可以发财，走怪路也是可以发财的，这是个概率问题，他用浓重口音改装下的普通话说出来的话和我一本正经说出来的话的意思是一样的。

他说话的时候，唾液在嘴角两边都泛出白沫。

26

我开始跑业务了，神龙轿车驻山东办事处就设在齐鲁国际大厦，郝经理介绍我认识了那办事处的主任，我说帮帮忙，能否在我这里上点广告，价格便宜，那家伙用武汉普通话说办事处没有权力，需要总公司统一安排，我一直对武汉人有种亲切感，就是因为我在那里读了四年大学，其实四年大学接触最多的倒还不是武汉土生土长的人，而是在武汉的外地人，学校的老师们大都是外地人，本地人大都是学校后勤的，里面有食堂的、校工们还有图书馆的人员，他们大都是本地的，但跟他们没有笑没有哭没有对话，每天就在这周围浸泡着。武汉当时号称有七百万人，这是个巨大的数字，意味着排起队可以抵达美国，是十几个小时的飞行距离呀，我就在七百万人之中，每天跟他们相互穿插，却是独立生存，在这种想象下我会陷入一种无助感，每个人太渺小了，彼此是可有可无的存在。

以现在的经验我知道这办事处主任糊弄我，他已经有了自己的堡垒了，他不想再增减了，有点像我现在的书房，里面有一些玩具，都是我挑选的，我不想再增加了。

在这办事处主任的眼里，我实在太普通了，在他的眼里我一定是多余的，是世界盛筵剩下的饭菜，当时的我就这样被糊弄着支开了。

就在我对门，有一家上市公司的山东办事处，我又开始拉近乎，我们真是抬头不见低头见，在上下电梯里面，拥挤的空间让我们平等和平静下来，我总是笑脸相迎笑脸相送，彼此都在对方的屋檐下，看出来他们都不好意思了，都需要低一下头了。就在一个月后，我搞到了他们的一些投放，业务实在没有利润，但可以将胡京端公司的广告利润冲抵出来，我一下子收回了二十万。

其实这一个月我真是很艰难，我四处奔波，几乎济南的街巷我都跑到了，那时的眼睛是通过显微镜看世界的。

我不时地给管青买各种小吃，我还给她做各种好吃的，钱紧的时候我就说咱们不能那么世俗，应该多看书多看人生多看世界，而不能看眼前看橱窗看享受，这类话落到实处就是多在家看电视看书，而不是逛商场吃喝玩乐乱花钱，实质上就是省钱。她说没想到你是这样的人，这么传统这么宅，你真跟别人不一样。

仅仅二十万就完全改变了我，对于现在的我是不可思议的，首先要做的是搞个秘书兼财务兼接电话的，然后又招了三个跑业务的，又花了五万元搞了个二手的吉普车，当然还花了三万元给管青买了件貂皮大衣。

其实跑了这么长时间业务，我发现一个问题，就是我提供的广告方案没有吸引力，在和那家上市公司合作后，那个负责投放的姓付的经理说,你这人谈业务总说帮帮忙帮帮忙,这世界谁还会帮忙呀,你要用业务吸引别人而不是用恳求,要不是我们这次的宣传面广,你那东西我们就不会投放的。我一下子懂了,我需要制造艺术勾引他们的需求。

我这时想到了《流行风》栏目,毕竟这栏目很受欢迎,一定有商家愿意做广告,这种认识猛然间在大脑皮质的某个旮旯拼凑而成。

距离上次跟《流行风》栏目的淡艾和戴英见面已经一个多月了,这期间戴英给我来过一次电话,我那时正奔波劳碌,满心装载的都是怎么找到客户冲抵胡京端的广告费,我只是敷衍。

现在不同了,我有钱了,有车了,还有司机了,车装着我在空荡的大街上转来转去,我可以静静地坐着,舒服地观看世界的运转了。

这么长的时间里,管青没有再提胡京端的名字,或许她已经完全被时间腐蚀了,内心的暴风骤雨已经平息了,或许她在我这里找到了结果,反正她若不说,我是绝口不提。

我俩玩游戏看电视,反正她说了算。

27

貂皮大衣起作用了,我跟管青做爱了,那是冬天的晚上八点,外面或许还无始无终地飘着小雪,青色的窗帘将房间的灯光都反射回来,屋里的暖意和刚散去的兴奋构成了绵绵的幸福感。

管青在绾着长长的头发时说真不甘心,我要去报警,要把那混蛋抓起来。

我差点儿一下子掉到地上,从这新买的床垫上。

你当时不报,现在却又报,这已经半年了,公安那里会怎么说?

我那时不是怕丢人嘛。

那现在呢?

现在我有了你。

那你不怕我丢人吗?

那你杀不了,怎么办?

你真想我杀他吗?杀了他咱俩能幸免吗?

我不管这个。

君子报仇十年不晚,咱们要慢慢来。

我说完这句话后发现她的眼光已经黯淡下来了,看她这样的表情,我在这一瞬间似乎看到了妈妈对生活忧虑的目光,这都是一样黯淡的,我的愧疚在慢慢涨大。

在我送她搭乘出租车时,雪花依然飘飘扬扬,雪已经铺盖了一切,她不说什么,只是望着窗外,我始终关注她的动作,我一直重复着,青儿,不要着急,你要相信我。她瞟了我一眼,什么也没说。这个动作是在十字路口的灯光射进后座时发生的,她这个细微的动作还是引起了我的好奇,我觉得她的神情是那么充满思想甚至艺术,何况还是漂亮的眼睛,我真的很爱她,她是在山东大学边上的中国银行宿舍下的车,她曾说爸妈都是中国银行的。

我下决心，以后要经常给她买东西，她是个宝贝，我宠着她我惯着她，她是我的女王是我的一切。

我在回去的路上又想到丢人这个词，就是小时候爸爸妈妈常说的词，我的爸爸是个很随和的人，妈妈很老实，都属于那种工作上听领导话的人，遇到混蛋的领导就会吃苦受累，在家里他们是我的领导，他们是我的好领导，但我有时不听话，这样他们也会受累，我现在开始理解他们的岁月，或许每家都是这样，我现在似乎接通了每个人的父母，每个人的童年。他们不厌其烦地告诫我要如何如何，而我不如何如何就会丢人，丢他们的人丢我自己的人，或许我在学校里学习还不错，我就会要求进步，跟表扬相距不远，这样丢人这个词就离我有点远。

其实人类时代不是这样的，穷人偷了地主老财家里的东西能如何，赵匡胤抢了周家的王朝能如何，谁会认为穷人丢了老子的人了呢，赵匡胤丢了他先祖的人呢。

我在宇宙王国里与我的朋友聊天时说若是亚历山大和成吉思汗知道还有另外的世界他们还会想统一世界吗，朋友说他们其实不是想统一世界，他们不是因为信仰，他们就是无聊生事，就是抢劫，就是一个放大了的抢劫犯，一个有庞大编制的抢劫队伍，可以驱散寂寞无聊，跟赌徒一样，这样可以物质极大丰富，让生活比蜜甜，然后标榜伟大光荣正确，然后人类就相信了。

朋友又问，你若知道有另外的世界你会努力吗，我说会的，因为未来是自己创造的，你有多少艺术创造，你的世界就有多少精彩，朋友说亚历山大和成吉思汗应该也有这样的想法。

朋友还说基督教说人的一生是赎罪的一生，其实对于一些人，现实世界是不断试图摆脱歧视的人生，就是金钱和权势的歧视，对于另一些人，就是超越别人的人生，仍然是钱和权的控制。

看看所有的历史，换个角度，不就是钱和权打扮成英雄的模样在表演吗。

28

我给淡艾通电话时依然可以感受到对方的从容和平缓，她说她这几天很忙，先让戴英跟我见面商谈。

我注意到一群鸽子飞过大厦，这应该是人饲养的，鸽子的快乐是在蓝天中划道吧。

我是在大厦下面的麦当劳跟戴英见面，那已经是下午了，午饭已经结束了，之所以选到这里，或许大家都是年轻人，或许当时这是济南的第一家，或许显着时尚。我在这里看着人的匆忙会有一种自在感，会找到鸽子的轻快，就在我俩谈了有几分钟的样子，戴英接了个电话，她说淡艾马上过来，其实我发现她有一点诧异的神色，她并不多说什么，对于这种事，跟制片人面谈肯定是效率最高的了，我俩的对话就开始有应酬和拖延的味道了。

淡艾以那副我喜欢的从容神色推门而入，冬天的气息迎面而来，我以前一直有这种念头也要让自己平时都呈现从容的神色，但我真是做不到。因为我总需要求人，家里有管青小姐，家外有我的事业，街上有冷漠的街道和陌生的济南口音，我能怎么办，如果我面色从容了，没有人会搭理我的，栗共晨曾经说过你怎么总是低三下四献媚讨好的样子，就不能堂堂正正吗？我当时只是说习惯了习惯了，没办法了没办法了。

我以前不是这样的，从小我也是任性张扬，但后来要讨生活，我慢慢萎缩了，现在呢，我经历着世间疾苦，就觉得声色俱厉毫无意义毫无必要，倒是笑口常开可以换取对方的温和，如同以物易物。

若在我的宇宙王国里，我也做不到高高在上颐指气使，这里真是人人平等，任何人对我献媚讨好是讨不到便宜，当然他们得罪我，我也毫无办法。

淡艾的脸很小，眼鼻口都很精致，粉白细嫩，尤其是她的眼睛发出一种光亮，让这匆忙的周围模糊下来，我望着她的时候，某一刻似乎觉得世界猛然停下。

她笑了笑，你俩真会选地方呀。

我说我喜欢快餐，这样咱们的合作也能快起来。我龇着牙笑着说，我们就这样聊了起来。

她脱下羽绒服后我注意到她细长的脖颈有一道青，这好像是抓伤的，后来才知道她的生活是波涛汹涌。

按照现在的经验，应该怎么看待淡艾呢，她所有的光彩夺目只是我心中自行升腾的，我的想法是按照大众审美的，她也是按照这种大众审美化妆，她就是要让别人产生同样的感受，她的装束会相得益彰，化妆后的她也是在变化的，她跟所有的人一样，会偶尔理智偶尔感性，她是在控制自己，也是在表现自己。

我说我想承包你们栏目的所有广告，然后你们专心做栏目，栏目会更好地发展。几年后突然想到我的这番话可以用一个动词说清楚，这就属于术语了，不就是包养嘛。

当时淡艾说欢迎呀，我们这些人真不懂运作广告呀，你如果愿意帮助我们，那真是太好了。这话放入到夜总会里，翻译过来就是欢迎包养呀。

冬天的阳光涌入，我不时地透过麦当劳的落地玻璃望向窗外，街面上的行人都在冷风中裹紧自己，而我在暖洋洋里守着电视台的两个女孩，在咖啡香和汉堡香的弥漫中看着她们商量皱眉欢笑，就是几年前，我和几个刚毕业的朋友站在路边寒风里透过玻璃望着餐厅的热气腾腾在咬牙切齿。

我们一直在谈论细节，然后讨价还价。戴英一个人在说，很明显淡艾不善于这种话题，她只是淡淡地笑，偶尔插话。

麦当劳的人慢慢增多了，下午慢慢结束了，我提了最后一个条件，那就是我不想以广告公司出面，希望以栏目组的名义招揽广告。

若是在清军入关时，这话可以理解成不要以汉奸的名义而是以正规军的面目出现，戴英望着淡艾。淡艾笑了，没问题呀，咱们要是合作了，这就是小事呀，我可以封你个制片主任。哈哈哈。

我太开心了，就这一句话让我觉得一下子改换了境界，好像一下子进入了上流社会，我摇身一变成为电视台《流行风》栏目的制片主任了，我属于有身份的人了，我有级别了。这一下很多细节就好谈了。

淡艾说晚上还有事，明天可以签合同，戴英跟着说对对对，不知为何还揪了几下自己的耳朵。

我张罗着司机将她俩送走,那一刻我像一个盛唐时代吆三喝四的老鸨。

29

跟管青见面时我就压抑不住自己的快乐,我一直觉得是个可以控制述说欲望的人,但这次我还是没控制住,我将自己的新身份说了一下。管青说嗯你真能混,不过要小心,混得越高摔得越狠。若按照以前的做派我会说你这人就不能鼓励我吗,我还会说你怎么不能释放积极能量,我不认为这是提醒,而是认为这是诅咒。但现在我说不出来,除了爱之外,还有很多愧疚,尤其这段时间,在我没有来自钱的压力后,良心似乎复活了,我经常自责。

我其实用这些名牌和奢华在腐蚀管青的仇恨,我当时只是想多买东西讨好,既算是追求也算是补偿,这真是一种技巧,后来才发现自己是钻空子,在绝对相反的两极做法中找到空隙,那是灰色地带,聪明人应该游走在这中间地带,一定会找到很多宝贝。

晚上我在荧屏里看着淡艾主持节目,我对管青说你看就是她,我今天下午跟她一起谈合作。她说哦,她比我漂亮吗?我说没有没有,她比你年龄大。她白了我一眼说假模假样真恶心,然后嚷着换频道换频道。

我是带着激动进入深夜的,我跳上了一个新的平台,就像铁道游击队一样我扒上了火车,后来又担心淡艾会反悔,明天不会跟我签合同，那就白高兴了。

我对自己建立的宇宙王国有点不安，因为我的自由受到了压制，本能方面的冲动被理智和头衔管住，工作方面的自由发挥被王国的条条框框限制，有专家有议会有法律，在宇宙王国里我只是类似于门把手，被紧紧固定在门上，只能是用具，我觉得搭建的王国有点儿出乎我本初的想法，但这是我思想推理的结果，民主的结果。

我问管青你什么时候可以嫁给我，

那你要求婚。

怎么求婚呢？

要有房子要有小车要有钻戒要有彩礼要有仪式。

我说咱俩这么熟了，钱的事情好说，免去那些俗套吧。

我真不适应，我是学理工科的，凡事都寻求简单直接实利实证，一竿子插到底，仪式是啰嗦是多余动作。

什么俗套？我爸妈养我多不容易呀，我要给他们争脸，我跟你够委屈了，你要是没钱，咱俩就算了吧。

我说好好好，我知道了。

她总是说话带着巨大的威胁，这让我有点恼火，这有一个危险，本来是过错，有相应的惩罚手段，但她说的话好像过度惩罚。这有点像法律，小偷就有小偷的惩罚办法，不能抓到小偷就杀头，若是杀头，小偷会一不做二不休会出现极端事件。有些人成为小偷不是天生必然的，有些人成为小偷也未必是怕死的。

一早起来竟然是漫天大雪，白色将天和地全都铺满了，这就有种肃穆的感觉了，我就说了句瑞雪兆丰年，后来发现站在街头时经常会听到过往的人中传出这句话，每个人都有相同的教育相同的判断，我开始怀疑自己与别人有很大区别了，又想到了高中时代，在排名榜上、在老师的喜好里、在同学间的欢迎程度中，我们一直在竞争，我与他们不是喜欢的关系而是仇恨的感受。

从窗户往下看去，我那辆银灰色的吉普车凸显在雪地里，司机已经到我的楼下了，我已经养成习惯了，那就是从小到大的早睡早起习惯，司机是个城乡接合部的济南人，是个退伍兵，我从来没注意过他，知道这么个人就可以了，现在想起他来，他的面目一直在我的脑海里纠结不清，有种五官混合但又平静的神色。他应该很明白，对我好也未必有什么奖励，对我不好会失去工作，所以我想他或许看透了我，当然还有一种可能，他被训练得很好，对所有的权威和领导都是这样神色，哪怕对我这种皮包公司的所谓经理，我这经理其实也是边学边装的，因为这毕竟是第一次，毕竟没有人教过我。

30

我的公司办公室只有二十平方米，没有窗户，中间用办公柜隔成里外间，我买了个标准的老板台，这就意味老板台占据了里间面积的三分之一，我和这三分之一组成了二分之一，另外的二分之一是一组金黄色小沙发和小过道还有拐角旮旯什么的，后来我又在背后的墙壁上挂了一个罐子，青铜色的像个尿壶，这是艺术馆的老杨送的,他笑着说这是文物,他知道我知道这是假文物。

怎么还没消息,我一直心急,我那时对工作的节奏把握不好,一直觉得大家都是将工作像击鼓传花般快速过手,后来发现其实每个人都有不同的玩法。

我就坐在那三分之一的边上拨着电话,我用的是座机,根据计算,这样比拨打手机便宜,也就是省钱,没必要浪费钱嘛。后来老婆一直笑我是浪费大钱省小钱,仔细想想我的确是这样的,生活中算术题太多了,有时候看不到,就是习惯在发生作用。

我在小学的时候有个很喜欢的女孩,她瘦瘦高高,小圆脸,我那时就用塑料尺换她的练习本,后来她觉得不划算就说我应该再补点什么,我就一直没补,她应该是不高兴的。从这点看来,我从小就是会算计的,往深里说是对爱情的欲求低于对钱的渴望,这是做大事的潜质,有趣的是,我和她在初中时候和好了,这个和好是见面就笑和说话脸红的那种,那时很傻,竟然没牵手,现在看来牵也就牵了。即便有这萌芽,但也白费了,因为她初中结束时就搬走了,去了地图上的另外一个点。

淡艾竟然没开机,我就拨戴英的手机,手机通了但没人接,我再拨栏目组的电话,转到分机后还是没人接,我想这是怎么回事,不至于全部人马潜逃了吧,现在看来,那时的我对社会还有一些错觉,就像原始人类编些神话来理解世界。

在天马行空之际,戴英回电话了,问子总你有什么指示。

我说不敢指示美女,想问一下咋样了。

她说不知道呀,那是上面的事,我们小兵啥也不知道。

"你们栏目组怎么找不到人?"

"我们工作是从下午开始的。"

哦哦哦。我连说几句，我的心放下了，这就意味着昨天的梦想还没破灭，我从小到大一直是个乐观的人，一直对未来有好的期望，后来老婆就问我为什么那么有自信，我就开始用精神分析、用行为主义、用认知心理学寻找其中的发起，各种答案就塞满了我，如同我的嘴被食物塞满。

高中时代我仍然自认是匹配那个漂亮女孩的，虽然我的学习我的身高我的容貌毫不出色，但我就是觉得出色，唉，真是不可思议，或许我是世界上独一无二的，我就为独一无二自豪，虽然无人不是独一无二的。

毕业后在社会混的这几年，事情总是波折，我经常感觉像漂在海水中的小船，似乎在控制中似乎在失控中，全凭运气，所以我就有一些惊惧的心理，但我仍然有种乐观心理，总觉得未来很美好，我会下场很好。

其实不仅仅是我，几乎所谓成功人士都是这样，三年前我跟一位结识十年之久的夜总会妈咪通电话，她说你知道吗咱们认识十年了，像你这么久的客人很少出现了，有人死掉了，有人进大牢了，有人破产了，还有人管我借钱呢。她边说边笑还说她在北京买了很多房还说近期要移民了。

我还是心急，就在下午三点又拨淡艾的手机，长音好久后接通了，淡艾对我的问候没回应，只是问有什么事吗？我说咱们的合同批了吗？她只是低声说哦没问题，你把订金支票送给戴英就行，她给你盖章合同。我说好的好的，谢谢。第二个谢字她应该没听到，因为电话已经挂断了。

我觉得怪怪的，按理说这也算是她的大事，怎么显得这么压抑这么匆忙，难道她被什么更重要的事情按倒在地了吗？

五分钟后我就接到戴英的电话，她笑嘻嘻的声音让我似乎看到她龇着的一口大白牙，"子总，你过来拿合同吧，请别忘记将合同保证金拿过来呀，要送到广告部的。"

31

冬日的太阳有时让你感觉它就是装饰，它没有温度地看着你，它就是看着。我会由此想到独眼龙，或许上天是个独眼龙，一只眼就够了，两只眼是多余。

我走进栏目组的时候仍旧是笑嘻嘻的神情，这变成了我的习惯，后来发迹了以后就不再笑嘻嘻了，因为笑嘻嘻让人想起那句名言，见人就笑非奸即盗，我在国外生活时发现陌生人之间也是微笑的，这只是礼貌，没有别的含义，我慢慢就又恢复到微笑的神情。

我是将钱送到了广告部，广告部主任见我时只是用眼瞟了我一下，似乎不太高兴的神情，我笑着叫主任时，他只是哦了一声并无他话，我想这人怎么和以前判若两人，他顿了一下，瞪着我严肃地说，你跟《流行风》的合同我看了，要严格执行呀。虽然栏目广告的事是栏目组自己负责，但也是需要我把关的。说完就站起来看墙上挂的编播表。

哦，好的好的当然当然。我边说边弯腰边媚笑。

我在门口坐上了那辆银灰色的二手吉普车，屁股压着座椅发出吱吱的声音。我很兴奋，我真成为有身份的人了，我这么年轻我终于牛逼了。

高中时曾经得意过一回，那是一篇作文，我当时按照自己的道德观念写的，不能说正确还是错误，只是跟大家不一样，没想到被临时代课的曾副校长大大地表扬了一番。我那些天走在校园里都有种错觉，觉得大家都在关注我都在钦佩我，那个我喜欢的女孩一定也在默默地看着我，一定在某个角落，像舞台上的聚光灯一直追随着我，所以我走起路就会挺胸抬头，模仿着伟大人物的神态。想想也是巧合，若还是那个姓黄的老师没被代课，他一定会认为我胡说八道，或许还给我个低分。我的语文真是被他教糊涂了。

我又给淡艾打电话了，没想到很快接通。我说合同拿到了，对于你封我的制片主任，这个有利于工作的官能否有个盖章授权什么的。她慢慢地说你自己印就行，这些东西台里不好搞，有人问你就说我同意。淡艾似乎很冷漠，这种态度就让我对她有点敬畏了。

我怕大家有什么嘀咕，于是就跑到文化西路的一家广告牌店做了个如同公交车车窗大小的板子，黄底红字，扭曲着打扮成时尚的品位，大大小小地写着电视台《流行风》栏目。我当然不敢写什么栏目组或办事处之类的编制明确的东西，因为淡艾或电视台的人并没有什么书面授权，我是概念精细的，当然更是心虚的。

牌子先是放到了大厦的门口，一天以后郝经理就小声说这样不好，因为这块牌子会引起大厦老板的注意，会提醒大厦的老板，你的房租还拖欠呢。

这个我当然明白了，利明显小于弊，我说那放到办公室门口没问题吧，

他说这没问题，老板很少乱跑的，他龇着牙小声说，还用左手挡着嘴。

牌子就站立在我的小办公室门口，我想象小办公室的门口就像一个驿站，过往的人会停留一霎，会小有印象，他们可以自行合理地浮想联翩了，就会有人上门做广告了。

在我这里打工的几人都是号称画家和诗人的，或是某报前记者某厂前科长的。当时打广告招聘的时候号称招聘电视台编辑，所以一下子很多自命不凡又自认怀才不遇的社会人士蜂拥而至，当时还引起了一阵小轰动，甚至还惊动了电视台的领导，为此淡艾打电话给我。

她说你知道吗，台领导很生气，因为很多人以为电视台有了进人指标，你这么做让领导很被动，你要换个名称招聘，要低调要低调。

我连说好的好的，用我自以为聪明的低三下四将这些算是暂时顺利糊弄过去，后来发现这还是在我后来的变故中埋下了易燃易爆品。

32

应聘的人一多我就有点装模作样了，因为社会人把我如此当

回事，那我就应该更当回事了，我摆着一副学生时代班干部的严肃，对他们进行面试，我先告诉他们这是《流行风》栏目的外派机构，是要推广节目顺便拉广告，我是制片主任，你们称我子主任就行。这番话相当于安营扎寨，他们是站在院子外的流浪汉，不明所以地站着，等待我的施舍，虽然我知道内部空无，我也是流浪汉，需要他们跟我一起打家劫舍。我想到历史里的所谓各种起义，揭竿而起也就是此等状态。

其实我没做过班干部，这我一直难以启齿，我只是大学时做过临时拼凑的社长，是个捡着的，而不是民选的。

或许因为我对画有一定崇拜，或许我对诗是一知半解，或许我对记者对科长还有某种神秘感，最后加入到我这机构后的人有两个所谓的画家一个诗人一个小地方的记者一个小地方电视台的主持，换个数字角度就是两女三男，另外我还招聘了一个女出纳，这样这小屋子里就挤进来四男三女。

我把栏目介绍还有厚重的电话号码本扔给他们，告诉他们打电话拉广告。

为了放大声势震慑人心，我还找到淡艾，说请你过来给你的下属部门讲话，她哈哈笑了起来，爽快地一口答应，其实我不知道为何，对淡艾我有一种奇怪的感受，用光电术语描述是我俩不在一个频率上。她很漂亮很有气质很有才气，我应该有占有的欲念，但不知为何没有这种欲望，就如同这齐鲁国际大厦一样，我只想在里面办公，从来没想拥有，从后来发生的桩桩件件来看，她似乎没看懂她自己，我似乎没看懂我自己。

自打他们加入以来，我们的业务突飞猛进，他们直接以电视台的名义，找着各种千奇百怪的关系，我这外地人搞的这外强中干的公司好像长出了触角四处延伸，也像吹大的气球极速扩张，就在这日益昌盛的山东。

管青很会打扮自己，跟我在一起的时候也在细细地修饰，那时在公司里就是这样，整个白天每隔十分钟都要修补一下，她有一套漫长的流程，这对于我这理工科脑子的人是不可思议的，我总在想你这样做的目的是什么呀？你会得到什么样的回报呀？每天二十四个小时，我估计她会占用三分之一，这也太浪费时间了吧，这可以和睡眠相提并论了，真怀疑她的人生意义，不过按照我现在的哲学境界，我还真理解她了，每个人在这个世界上其实都是寻找自己的存在，也就是自己的意义，这个意义有时候是社会灌输的，有时候是自己发明创造的，她乐在她的细节里，这就是她的意义，我的意义是社会教唆的。她的是她自己喜好的。

那时我不懂，就会问她，你不觉得浪费时间吗？结果都是她轻蔑的口气，我喜欢。这就是答案，这种答案对于我是终极答案，是不能深入问下去的，否则她一大套凶猛话语会抛出，我会陷入埋伏圈，会被歼灭，甚至会全军覆没。

我跟她走在街上是很有压力的，她太受关注了，回头率太高了，很多人都是先看她然后再看我，他们一定会默默地为她打抱不平。

我有个叫周军的校友，他见过管青，他说我很危险，我不配这女孩，小心被绿帽，我说女人不像男人那样容易见异思迁的，管青是女人，管青是不容易见异思迁的。周军这时就暴露了他的朴实，他不是那种为了证明自己正确就四处搜罗证据的人，他就说他也不懂，反正出事的很多，于是他这话在我这里就算滑过，如同我的脑袋被理发师的推子推过，我甚至心里还想我这么强大这么丰富，会变着花样吸引她的，让她在我的花样里醉倒，何况她现在已经不完美了。

从后来发生的事情来看，未来另有轨道，绿帽远远不是什么大事了。

我跟淡艾接触得越来越多了，应该说的确是工作需要，我们需要设计一些名目来吸引客户，帮助客户的产品实现各种创意，也需要为一些大客户搞些迎来送往的接待，在这每天像玩但又费心费力的琐碎中我有种舒展的感觉，就像身体拉伸，搞不清是伸懒腰还是身体锻炼，现在看来我的确是找到了适合我的工作，既艺术又金钱。

工作就是这样，要每天创新，要搞花样，这样不成功也难，我们给广告部上交了很多钱，栏目组也得到很多钱，淡艾很开心，友情的感觉越来越强烈，栏目组这帮人根据淡艾的态度也对我异常热情。我每天有模有样地在人群中。

33

胡京端跟我的合同执行得也很顺利，我们之间很少通话，我和他都很明白，彼此都不是善人，都需要遵守约定，还都是做君子，各自疏通各自的路，那些事的摩擦力在合同的快速流动中越来越小。

这就是我定义的君子,一个强奸女人的家伙,一个敲诈勒索的我,因为遵守约定,所以统称为君子。

这个世界就是复杂,复杂在于每个构成因素都在发挥着自己,都在寻找自己的自由,他和我进入更深的套子里。

在这么短暂的一年内,我从一个街头混混变成了一个所谓的青年才俊,我有时想朱元璋在某个阶段是否也有同样的感叹。

我学会了开车,我的手脚让我的自由走得更远了,美好的生活像电筒射向夜空,光亮无限前行。

管青应该是爱我的,这是我现在记忆下的结论,但程度上也是有差别的,如同青春少年的爱情和中年男女的爱情,我俩隔三差五会在一起。我带着她开着车去郊外,带着她吃喝玩乐,她慢慢习惯了,她有了依赖,她很少谈及爸妈,我也没再见她爸妈,他们的影响应该越来越淡了,如同我们对于蓝天白云的熟视无睹。

我放松了生活,但生活并没有放过我,那晚酒后,在我送淡艾的路上,她说你陪我去咖啡馆坐一下吧。那已经是十点了,我俩就坐在玉函路上的名典咖啡馆,在昏黄灯下的角落里,蓝调音乐一直缓缓地飘荡,淡艾开始流泪,泪水连成串,她只是低着头并不擦拭,眼睛和薄唇都是艳红,我呆呆地看着她,不知道说什么,我太惊讶了,因为美貌高雅的主持人世界是我无法感受到的高度,泪水和她是漫天雪花和风和日丽的两种存在。我还是说话了:

"你怎么了?"

她并不回话,继续抽噎着,纤薄的肩在起伏着。

我只能继续呆呆地看着，不知道怎么办，若是按照现在的年龄和阅历，我会跟她坐到一起把她搂在怀里，用我的手摸弄着她的手，还可以用我的脸摩擦着她的脸，然后说那就哭出来吧，什么都别说，一切没什么大不了的，然后策划着下一步怎么开房间怎么抱上床，完全是以我的欲望为主，让聪明和文雅为自己的本能去服务。但青春中雄心勃勃的我，却在想着怎么安慰她，怎么让她摆脱眼泪的缠绕，这是我年轻时的善良。

夜继续加深，应该是过了十二点了，她已经不再流泪了，但她也不说话，只是翻弄着桌上的杂志，我在想着明天的业务进展和创意广告。

我是在凌晨一点左右把她送到小区门口的，她说你把车开远点再停，就在分别时她说谢谢你陪我了，然后不再说什么，没有任何表情，她转过头慢慢走开。

公司里有个叫李集的家伙，自我介绍是胶东某个县城的电视台科长，据他说嫌弃收入太低眼界太窄就辞职到大济南来捞世界了，我的直接理解是他一定觉得自己水平很高，但那个县城不让他当科长，于是他就到省城来混，当时我面试他的时候，虽然他散开了一堆献媚讨好的笑容，我的直觉是他太凶猛，不好对付，其实真应该相信直觉，但他说自己对各地市很熟悉，可以带来源源不断的业务，我就心动了，就让他入伙了，没想到是他起了祸端。

他的确很能干，开始还真做了几单，这一来他就有点鹤立鸡群的感觉了，对我说话也不像以前那么态度谦卑了，加上他比我年龄大很多，有时摆出一副帮助落后同志的姿态，在他歪斜的嘴唇发出的语气中，我不自觉地会掉入小学时代，那时总是提倡先进帮助落后，然后共同进步，当然在高中时代就不这样了，大家都是各顾各的，只能自己进步，希望别人落后，这样才能竞争成功。

虽然这种感受很恶劣，但我还是忍了，毕竟他是拿提成而我是拿利润的，他是为我赚钱的。

几个月后就有其他同事告诉我，李集做事过于凶猛，因为个别业务是他通过恫吓获得的，我想每个人都有自己的方法，他这么大年龄，应该见过风浪，应该有自己的尺度，但我还是跟他说让他柔和一些。

李集没等我说完，就斜了我一眼说，你不懂，有些客户就需要这样对付，我是做过科长的，知道他们想什么，我有数，你别管了。

当他说你不懂时，我会无端生出一种愤怒，但我什么也没说，或许说了会带来争论，会影响我的神气，那就会给我的公司带来看不见或看得见的损失了。

34

春天来了，世界也是用四季来梳妆的，周期性的梳妆。这样看来，人类命运也应该是有周期的，真是正常的，所以我应该对命运的变化心安理得。

那个中午我躺在沙发上睡午觉，梦到员工开我的车去青岛，昏暗的梦境里发现车身变成了墨绿色的，左右的后视镜竟然系上了黑纱，车飞驰在济青高速公路上，据说这是一种风俗，参加葬礼的车要系上黑纱，我猛然惊醒，场景生动地浮现在脑海，和真实无二，立时恐惧笼罩全身，预感有大事发生。

我在大学期间读过弗洛伊德的释梦说，对梦自以为有过很多研究，但这个梦一定不是关于性的，一定是预告，一定是不远的将来有什么巨大可怕的事情发生。

我想家乡爸妈弟妹，又想管青，还想公司，还想这吉普车，就像春秋战国时期的小国，不知道哪个方向会有敌国攻打进来，心一直怦怦地跳。

在我的宇宙王国里，我应该做什么呢，每天吃喝玩乐，遥遥无期的未来，无法想象世界的尽头，尽头处会是什么衔接呢。

已经有一个月时间没见到淡艾，她总是各种理由推脱，毕竟我们有很多需要配合的工作，她都是安排其他人来做，他们是在全力配合，看得出来她是安排过的，这样一来，工作也没受影响，利润依然可观

广告部的孔秀给我打电话，说栏目冠名权的价格太低，告诉我必须提高价格，否则摘掉冠名权，我问需要加多少。孔秀说主任认为至少要加二百万，然后她说你多理解吧，台里任务重，此刻电话里竟然传出男人的嬉笑声。

我靠，这要我命了，这价格是去年谈好的，怎么可以说变就变，我马上慌慌张张跑到广告部，对每个人都笑容满面和点头哈腰，木宁主任面无表情地看着电脑，我说："敬爱的领导，咱们不都在去年谈好了吗？"

"现在台里有变化没办法。"

"咱们可是有合同的。"

"合同是死的，人是活的，要么你起诉台里吧。"

"敬爱的领导，我怎么可能起诉台里，我已经跟客户签合同了，客户那里是变不了的。"

"那没办法。"

我还在努力笑着，他神态自若并不理我，我再三求他，他只是说这是台里的决定，毫无办法，只能遵守，他爱莫能助。最后他竟然说有事出去，说完站起抓了包就走，还没到门口又转过脸对办公室这些低着头的人说，别忘节目中插缩减一分钟！孔秀哦了一声。

这笔合同只有五十万的毛利，若是按照他的做法，我要生生赔一百五十万，这怎么可能，若是废除合同，客户完全得罪了，这执行了一半的合同就会出纠纷，还不知道惹多少麻烦呢，另外我怎么可能起诉台里，以后我还干不干了。

怎么办？怎么办呀怎么办？

我真想蹦起来，走出电视台大院，走在电视台临近的植物园里，胡乱走着，我哪里也不想去，去哪里也躲不掉这个灾难。

手机这时又响了，是栏目组戴英的电话，她说子主任，广告部通知我们要摘下冠名，你知道吗？

我说你们先别摘，我想想办法，说这话的时候，我的手是在哆嗦中，眼泪快气出来了。

我不断咒骂着，感觉天都要塌了，这几年的身家要被吸干了，就像隋炀帝一下子把江山葬送了，好日子到头了。妈的，这两年的辛苦要毁在今天吗,我仔细想着这主任跟我的前前后后接触,没有得罪过他呀,没任何迹象他对我不满意呀,我应该问问淡艾,虽然冠名权合同是属于广告部,但冠名权在栏目组手里,看她怎么说。

她的手机竟然占线,反复几次后拨通了,我说你一定是这个世界不能缺的人,电话一直占线,想找你难死了,她说没有呀,找我的人很多,但知道我号码的人很少,不过我也一直给你打电话,你也是占线。

我俩都意识到是彼此打向对方,她哈哈笑起来,我简单说了几句后,她说咱俩见面细说吧。

35

就在体育中心下面的茶室里,她皱着眉头听着我的述说,她说明白了,这事应该是冲着她来的,说这话的时候我看到她眉宇间有一种豪气,这个画面我至今难忘,在这往后的几十年里,我很少遇到这样的人物,可以将事故原因大包大揽。

"啊,为何这么说?"

"他以前暗示过我。"

"暗示什么?"

"唉,不跟你这小孩说了。"

"啊,不会吧,这可怎么办?他说是台里的决定。"

"你看你慌的，不用着急，什么台里的决定，就是他说了算。"

"是不是这家伙想让我给他个人送钱了？"

"这个很难说，不过可能也不是，因为你不是他的人，他应该不敢要的。"

"啊？"

"他会认为你是我的人，哈哈哈。"淡艾笑了起来。

"那怎么办呀？"

"我也在想这事呢，先不管他，让他来找我。"

"那停播怎么办？"

"他管不着我们栏目，栏目是我们做的，你用的广告时间属于我们栏目的，编播都在我们自己手里，不理他。"她依然笑着。

"啊，真的吗？"我惊喜了。这么大的事让她几句话就化解了，面对这巨大烦恼的消除，我一下子笑起来了，当时的感受就是想抱她，但是我没有，这不能任性，这是我被社会训练后的教养。

有些男女相陪相伴很久，也没有性的感觉，我跟她似乎是这样，我没有性欲，按理说她很优秀，我很平庸，有时似乎感觉到她对我有点非同寻常的情思，但我仍然没有燃烧起来，反过来我或许不是那么糟糕，或者我有独特的魅力，她只是欣赏，只是青春中男女义气。

橙红色的灯光和咖啡馆里缓慢的节奏一直试图搞乱我的认知，我产生错觉，当下和旧时在缓缓重叠着，维特根斯坦说："语言是有陷阱的，很多词汇让人迷失了，如同上帝这个词，本来只有个称号，但被人想多了，然后人就迷失了，其实光芒和节奏只是不同的频率。"

淡艾似乎让我活在神圣世界里，管青会让我回到现实世界里，她似乎习惯我了，她就有点儿不耐烦了，现在花钱很凶猛，她追求品牌衣服追求高档化妆品，这些钱积累起来有点巨大，我粗粗一算会是我所有员工的工资总和或是几个月的房租，这引起我轻微的恐慌或不公平感受，我实在觉得太过分了，我开始对她控制，在拒绝后她看我的眼光是一种不屑的，我有时会安慰自己，眼光这个东西就是一种光线反射，千万不要认为是很玄妙的，不要认为是可以表达思想的，但她不屑的眼光往往还伴随着嘴角的扭曲动作，甚至有时候还有抱怨的话语，这说明我的确属于自我安慰，另外很明显，她似乎已经从被强奸过的愤怒和羞耻感中走出来了，她甚至表达了遗憾。

那晚上她说她真是倒霉，从一个陷阱掉进另一个陷阱。

我很恼火，你这是什么意思？

她不耐烦地说就是这个意思。

我问这个意思是什么意思。

她说别废话了。

这已经发生两次了，我始终没勇气说你若不愿意在一起就分吧，我不敢说，万一她说分手就分手，那我就收不回了，我就难过死了。

当然她有时也会说她是否太过分了，她不是个好女孩。

这种来自于肺腑的反省，以我现在的经验，我会疑心她是否结交过特别的人，是否见识过不该见识的牢窟，是否她的虚荣在飘忽中失控过，此刻良心落地了。

我俩做爱不是很频繁，她的性欲不强烈，我的性欲也不强烈，或许说高峰体验不是那么动人心魄。

36

在我的宇宙王国里，人的出生和成长都不是爸妈去教育了，而是标准化了，像这个时代机械化养鸡那样。我的世界还在建设中，按照我的所谓的艺术感觉。

我这几天见到电视台的总机电话号码就紧张，这是种直觉，果真，就在傍晚广告部的孔秀打来电话，她说现在发布的广告有问题，让我明天上午抓紧过来。

我小心翼翼地问，妹妹，啥问题，透露一下可以吗？别让问题过夜哟。

你过来再说吧。电话就挂断了，

妈的，我对着电话骂着，真烦，广告能有什么问题，肯定有损失了，不知道会是多大？也不说明白，这心要扑通一夜了。

管青坐在沙发上看电视，我是在厨房炒菜做饭各种忙碌，这种图景或这种模式我已经习惯了，这是我小时候理解的成人家庭模式，再往后加上孩子，这就是样板，正常的社会构成，这是基本单位，我从没想过独往独来的自由，即便是后来有了几个孩子。

我现在明白了，独往独来是一种勇敢，是向社会的挑战，这是宣示自己的自由。将来某一天一定是这样的，没有一夫一妻。

在油烟中，我被重重地踢了一脚，

你去死吧。管青眼泪在流淌，她凶狠地踢打我，

怎么了怎么了？为什么为什么？我在躲闪中，边问边关掉煤气。

她把我的手机砸向我，你他妈的竟然勾结胡京端，你的良心被狗吃了，你这个骗子。

没有呀，怎么这么说？

我保持表情的镇定，我不会投降的。

去你妈的，你看看短信。

我拾起远在角落的电话，那一刻我多么希望这电话已经零碎，我是及时删除胡京端的短信的，我的做法像电影里描述的间谍，他们是吃掉字条或者是烧掉字条再碾碎灰烬的。

裂开的屏幕上还一如既往地显示，是胡京端的短信，广告怎么停了。

我在低头看的一瞬间突然明白怎么说了，这怎么了，这有什么问题？

你骗我！她的吼叫在抽油烟机的配音下显得高音迭起，我后来有种条件反射，那就是抽油烟机的噪音会让我心跳加快。

我骗你什么了？

你怎么跟胡京端勾结在一起了？

你怎么知道这是胡京端的短信？

去你妈的，你以为我傻呀，他的号码我永远不会忘。

"我没勾结呀。"我的心在突突跳着，我在努力否认着。

"你在代理他的广告，你不是要杀他吗？"

"我是准备杀他,所以我在接近他。"

"接近他就是合作广告吗?"

"那不广告合作怎么接近呢?"我没骗你,我其实已经发现她的犹豫了,在这紧张的时刻,我是不会有良心谴责的,我是务实的,是要逃脱的。

"你要我杀他,那我就要接近他,然后找机会杀他。"

"你是在骗我。"管青的口气缓和了,我看出来她有点儿迟疑了。

我没有,我依然保持坚定,我现在唯一的想法就是从她的愤怒中挣脱出来。

"那你为何这么久不跟我说,你一定是在骗我。"她突然又找到了根据,她又回到愤怒中,

"我本来想告诉你,但不想让你又继续这些烦恼。"

"不,你不是的,对,我被你骗了。"她摇着头,她不是在跟我对话,她是用直觉和我的解释斗争,她应该是用此刻的发现比照着每天的细节。

"还有你的市政府亲戚呢,永远见不到的亲戚,你一直在骗我,你别想再骗我了,你必须杀掉他,否则你也跑不掉。"说完她就冲进卧室,很快她穿戴好,摔门离开,门又弹开了,我马上过去关上,别让邻居看笑话。

这是春天的夜晚,管青跑开了,我觉得我的梦也跑开了,突然觉得不应该再爱她了,但还是不想离开她,因为我会非常非常难过,心会碎的,会淌血的,我受不了这种疼。

我以前的道德是这样的,这是长大以来各种堆积的,我要找

个处女结婚,我不能被戴绿帽,管青打破了第一条,她是我的女神,她不是处女我仍然可以接受。

我还会想这么漂亮的女孩实在难遇,这是所有男人的梦想,是我的运气,是可以自豪的,我进入了功利评价。

我把饭做完,盛上吃完,像她在边上一样,然后躺在大床上,脚踢着被子。

37

管青走后我很快就睡觉了,我遇到难解的烦心事就是这样,睡眠会带给我另一个去处,没有管青、广告部、胡京端三个名称的地方。

我预计错了,自以为管青会被我的钱腐蚀,她会压抑或埋葬或转移或升华那被强奸的场景,她会在我的每日表演中爱上我,但她没有,她仍旧坚持底线,我的想法开始左奔右跑,在这种压力下,我竟然想了一下是否可以杀掉胡京端,整个早晨我就在这些念头中摇来摆去。

我给胡京端打电话,我说这几天广告部发生点状况,暂停几天,另外以后你要有事,用别的手机号跟我联系。

上午我到广告部的时候主任还没来,我小心地赔笑问领导何时到来,孔秀说不知道,我继续问领导说我的广告有什么问题呀,她说你还是问主任吧,她的脸很白净,一点点坑洼都没有,真是少见。

以往广告部的人和我之间都是说说笑笑，但今天广告部的人对我都是平静中带躲避，看样子在领导的影响下他们已经找到了相应的态度，我只能无情无绪地坐在沙发上，呆呆地看着主任的空桌空椅，我竟然在这茫然中总结了我的命运，这些烦恼似乎都是我不听话带来的，我上学的时候因为不听话，结果我学习不优秀，工作时因为不听话，结果我辞职在外东混西混，爱情上不听话，结果我找这个管青。

看到裂开的手机屏幕，我记起了初中时候有个邻居的孩子拿个墨镜片说可以看太阳，我当时非常羡慕，然后就将墨镜片摔到地上，想它变成碎片后我就可以拿到一片了，那个孩子当时就异常愤怒，哇哇大叫。我发现小时候自己就不是什么善类。

我应该买个新手机，另外最关键的是管青怎么办，看看下午吧，等她心情平稳后我再哄哄她，给她买个包包。

木宁主任竟然还没来，这已经是十一点左右了，很多人在等待他签字或安排，也不时还有人来找，在这似有边际似无边际的等候中我接到栗共晨的电话。

他说晚上一起吃饭吧，那个寻化民请客，我问为啥，

他说这家伙应该是发财了所以心情好，心情好就会对朋友好，饱暖就会思淫欲，会念各种情谊，会道德高尚。

我说我心情不好，我心情不好就会觉得我走错了地方遇错了人，

他说你别废话了，通知你了，来不来随你。

我说好吧，来来来一定来。

他说好好好，不来是小狗。

好的，不来是小狗。

我努力说笑着，其实也是努力地逗着广告部的人，他们露出想笑的模样，我知道我成功了。

中午到舜井街买手机时灵机一动，我又多买了一部手机，我要送给木宁主任，我还打电话给淡艾说要请她吃午饭，她说你找我吃饭是需要预约的，这么匆忙找我是没有诚意的，你若是有什么事，电话说就行。

当然也是有点事，不过需要见面说。

那只能后天了，眼前这几顿都约好了，不过咱俩不用客气，吃不吃饭都无所谓，今天可以下午茶。

在齐鲁国际大厦的小办公室，看看那些装模作样各种忙的下属们，彼此除了工作也没什么可以说的，现在想想我一定是很势利的，这就意味我是在高效率生活。

当我把手机递给木宁主任时，他扫了一眼，我龇牙咧嘴说："敬爱的领导，这是最新型的，我买的时候想到您的也需要换了，顺手给您带一部。"

"别，别了，你可别想拉我下水，你不要来这套，一切都要遵照台里的规定。"

"领导，求求您了，我一向都是听台里的指挥，麻烦您把我的广告恢复吧。"

"没门儿，你的广告内容有不符合广告法部分。"

"啊？怎么可能？这广告在全国各电视台都在播出。"

"另外，你的栏目冠名怎么还不摘掉？"他又转换了说法。

"领导，栏目组不想摘掉，那里我也是得罪不起呀，她们有她们的想法呀。"这些话是我的即兴发挥，我要把这事搅浑。

果真，我看出木宁主任的迷惑了，他看着我。

"你别在我这里胡说八道，冠名是你做的，和她们有什么关系？"

"您要知道她们跟企业也很熟悉呀？"

"她们能怎么熟悉？"

"她们跟我们一起跟企业老总喝过酒吃过饭的，他们也是朋友。"

"真的吗？"

就在他的办公室里，只有我们两人，我将他理解的事实微微地扭曲，将他的想象扩展，就在这种扩展中，我慢慢地挣脱了他的心思，然后把他的心思引向别处，他沉默了一会儿。

"这样吧我给你介绍个人，你跟他联系吧。"木宁主任拿起笔在纸上写了起来。

"这是什么意思？"

"你不是想恢复广告吗？你跟这人谈就行，他若认可你，说明你这人还可以挽救。"

他边摇头边写边说："你这人呀你这人呀。"

我说："我是好人好人。"我笑着挠着自己的脑袋，完全是宠物讨好主人的神色。

我离开他的办公室时，那部新手机就在他的桌边，它有了新的主人。

38

　　就在索菲特酒店大堂吧，音乐似有似无地飘着，大理石散乱发射着各种光芒，我和淡艾坐在黑色亮皮沙发上，桌前摆着果盘和咖啡，本来我想找淡艾商量一下怎么解决广告的事情，没想到这事已经顺利解决了，但我还是需要见她，为了别的想法。

　　我说："广告部把我的广告停播了一小时前我见了木宁。"

　　"怎么样？"

　　"还能怎么样，时段广告属于他管，我不投降他就停播。"

　　"那你怎么投降的？"淡艾眼睛仍旧闪亮，伴随着浅浅的笑，我想这就是所谓的戏谑。

　　我对他说："领导，您说吧，什么我都愿意做，只要能恢复播出。"

　　"你这么没骨气呀？"她继续她的表情，她对我的这话并没有吃惊。

　　"姐姐呀，我要养家糊口呀。"

　　"我早看出你这人是软骨头，唉，也算是精明吧，理解，那最后你们什么结果？"

　　"他说可以，不过需要找个公司代理一下，这样他会相信我的信用。"

　　"什么意思？"

"还不知道,我还没见那人呢,不过,另外我发现,他对你很有兴趣。"

"是人都知道他是个色狼。"

"他竟然说你跟冠名企业老板关系很好。"

这就是我今天借助下午茶,借助各种应酬客套想说的话,我在木宁那里用了淡艾做盾牌,现在我需要将这个盾牌化为乌有。

"他就是小人,我早看透他了。"淡艾对这个细节并不在意,

"栏目冠名怎么办呀?不会影响你吧,"我其实已经放松了,

"他们广告部对于我们栏目没什么办法,不理他。"

"唉,你可以不理他,我就不行了,咱们关系好,你是他的敌人,那我就是他的敌人呀。"

"嗯,看样子你需要想办法了,应该卖身投靠。"她继续笑着。

我也笑着,那一刻我看到了她的眼睛,我似乎被淹没了。

但一霎那后我又恢复到沉甸甸的心痛,管青这个词一直在锁着我,我的笑只是皮肉的。

广告恢复这事很重要,我很快结束下午茶,马上给木宁主任写的纸条上的人打电话,那人名叫严鲁,电话里的严鲁一直笑哈哈,像在电话里拥抱我,他说在山师东路,请我过来认认他的家门。

他见我就喊哥,真是太热情了,像多年失散的兄弟,然后给我讲正泡的茶是多么珍贵稀少,其实对于生活里的各种要素我属于瞎眼级别的,这应该和我从小长大的家庭环境有关,我家属于穷的,穷意味着只具备保证生存的必备之物,某些必备之物还可以相互替代,多余的没有,例如洗脸盆和洗脚盆是一个。

这些扑面而来的热情反而是种提醒,我就听着应付着,心里

却想着他的笑容之后需要付出多少。

他说:"木宁主任谈你的情况了,你的这笔合同若恢复,那就加一个点吧。"

"嗯。"我沉吟了一会儿,心放松了,对方不是特别过分,只是要投放额度的百分之一,算起来是十万左右,还是基本可以接受。

"能否再减少点,你知道现在利润太低了。"

最后我俩达成的平衡点是零点七个点,也就是七万,他一直很热情,一直说电视台济南山东省中国有什么事情尽管找他,他有强大的关系和后盾。

当然我也明白,他的意思是有强大的侵略力量,可以任意占领,包括我,也是可以被随时占据的地方。

临走时他说广告今晚就恢复,欢迎你常来,我最喜欢交朋友,子哥。

在回去的路上我给管青打电话,电话接通了,她没接,我连打了三次,她还是没接,我于是发短信:你误解了我,我要见你,听我解释好吗?她没有回复。

那个时刻,我在车里,路在走着,济南在走着,而我,被留在原地。

39

我做这个宇宙之王是否可以有个人意志,其实根本没有,所有的方案或决策都先由专家团队提出,然后交给议会审查,我的那些想法经常被专家团队置之不理,即便是受理了,还会被修改得面目全非,我跟他们说过我这些想法都是取之于民呀,专家团队说他们不论来源,他们都要论证,我问那我的价值在哪里,他们说你的价值是跟我们斗争,你批判我们,我们反驳你,咱们彼此焦虑,这样才会更好地为人民服务,没办法了,我设计的王国是权力分散的,一番结构运转推演后,结果就是国王一定没有个人意志。

我对小学或童年的记忆总是围绕着奔跑这个行为,幼儿园不要我,嫌我太难管,于是我就天地乱窜,家乡是临近山区的平原地带,田野广阔,居民已经吃光了所有的野生动物,于是我充当了这个角色,也就是像野生动物,我会在蓝天白云中迷惑或陶醉,到了小学也是这种记忆,但我那时又很听话了,上课背手,虽然经常想拉漂亮女孩的手,甚至还想跟她们裸体在一起,就是裸体,什么都不做的裸体相伴,那时的学习对于我不是什么难事,比一些男孩强,比他们优秀,这些会满足我的虚荣心,在各种表扬下,我就会安静下来,也就是听老师的话了。

晚上我要吃寻化民的大宴了,是打车去的,我不想让他知道我发财了。

跟寻化民这帮家伙坐到了饭店里,彼此都有点兴奋,都是曾经的同事嘛,大家隔段时间就聚一下,也未必是为了什么,或许就是精神饥饿吧。

他见我第一句就是,"哎,他妈的没想到你还在济南,你这是衣锦还乡吗?"

"唉，哥们儿我混惨了，现在是钱包响叮当。"

"哈哈哈，怎么可能，你这家伙鸡鸣狗盗的，这满世界的机会还能被你错过？"

"别提了，本来去北京杀人越货，没想到偷鸡不成蚀把米，掉进猎人的陷阱。"

"妈的，你满嘴没实话，看样子是栽了跟头，不过这跟头对你有好处。"

栗共晨笑着说："真倒霉，看样子以后都需要他请客了，你返贫了，不会请我们吃饭了，不过你掉进猎人的陷阱，说明上帝还是存在的。"

那几个哥们儿也笑着随声附和，我唉声叹气。

"没关系没关系吃饭儿靠我。"寻化民热情地搂抱我，同情地看着我。

赵承建说："哥们儿，你说一下怎么回事，看看我们能否拯救你。"

我知道这帮家伙八卦，要拿我开心，我就说："别说，你们还真能拯救我于水火中。"

"怎么帮？"大家都看着我。

"你们每人给我十万块钱。"我很认真地说还看着他们，谁让他们看我的。

"去你妈的。"这帮家伙纷纷骂我，他们的眼光都四散开去。

他们知道在我身上是榨不到油水了，话题自然转向，点菜吹牛上菜劝酒，反正他们几人大呼小喝嬉笑怒骂，我在想着管青的事也就心情沮丧，心不在焉。

寻化民说最近他的公司做大也有烦恼，想搬家到开发区，但现在的元泰写字楼不放他们走，让他们履行完合同才能搬家，违约金给他们也不行。但这还需要三年呢，妈的，这大楼穷疯了，物业都是帮老头子老女人，一帮老奸巨猾，其实就是帮强盗。

这算什么烦恼？

他这时看向我，"你有什么办法吗？"这一刻他像一位不耻下问的领导。

我说："这也太简单了吧。"

他瞪眼睛看我，"怎么简单？说来听听。"

我说："妈的，咨询费交了再说。"

"屁咨询费，都是哥们儿，别忽悠我。"

"这样吧，我保证一周内物业让你搬家，违约金也不需要交。"

"妈的，你说的是真的吗？"

"这样吧，你一年内请我吃喝玩乐，我就帮你。"

"没问题没问题。"他又豪爽起来。

"不过一周内若不答应搬家呢？"

"那就三年后。"

"妈的，别开玩笑，说真的。"

"你放心吧，我有办法，应该起作用的。"

我喝了很多酒，这过量的一部分是管青带来的，我更想她了，她一直没给我电话，我有种预感，我永远不到她了。

我吐了，心痛的感觉，我想找个地方一个人喊天喊地。

临散场时，寻化民对我说："哥们儿，你若实在混不下去就到我这里干吧，毕竟兄弟一场，我能吃肉，你就能吃肉。"

我说:"谢谢了,哥们儿我会比你做得更大的。"

他说:"妈的,你这屄人,永远倒驴不倒架,瘦驴拉硬屎,我好心帮你,你还灭我一把。不过,记得一周内让我搬家呀。"

我说:"放心吧,我做事向来说到做到,一周后的晚上再喝一次。"

大家都扬着手说好的好的一周后再喝,再见再见。

其实朋友关系既是友情也是竞争,大家彼此间平等意识强烈,相互不服气。

40

我是第五次给管青打电话了,通了。她直接说你给我二百万吧,否则什么都别想。她根本不等我说话,她继续说,你竟敢骗我,你是个骗子,无耻的骗子,无耻的混蛋,不要给我打电话了,我永远不想见你,我讨厌你,我恨你,一个月内要么杀了他,要么给我二百万,否则我去北京找胡京端,我去杀他,然后我再杀你。

管青能撕破所有的浮华,真相会显露的,真相会毁灭我的,我似乎看到她怒斥的表情,那半执着半疯癫的眼神。我完全绝望了。我的事业怎么办?我的钱怎么办?我犯罪了吗?我会有什么下场?我为什么不像冯小璋那么帅气高大呢?人生为什么这么不公平?我怎么得不到这类漂亮女孩呢?我为什么要招惹这种女孩呢?我就是这么不幸吗?我这么不知道天高地厚吗?在这个无风的夜晚，我咒骂一切。

我骂到冯小璋的时候突然有了对付管青的办法，但同时我也知道真真正正地失去了她。这真是金钱和爱情的选择，我以前是可以将这二者相互支撑的，但现在是二选一了，只能如此，我必须自保，我还要选择钱，不能为爱杀人。

我一直坐在山大路的马路牙子上，我眼含泪水，我骂这个世界我骂命运我骂自己，我不断呕吐，我头疼我恶心，就在路灯下，黑影处有我的臭气和我的号叫。

没想到第二天上午醒来却是异常清爽，我觉得进入了一种新的境界，那些烦恼在我的办法面前都变得渺小，或许我重生了，变得强大了。

自己一个人面对人生很好呀，为什么需要爱情，爱情不就是由性欲和虚荣心和美好想象交配出来的吗？我挨个儿解决就行了呀！性欲找妓女，虚荣心找漂亮妓女，美好想象就是找到漂亮妓女后闭上眼睛，让她谈所有与众不同的优点，一码事归一码事。我哼唱着小曲，我喝果汁，我煮咖啡，我炒白菜，我烤面包我煎鸡蛋，我放音乐，是钢琴曲，就在甸柳小区56号楼的2401房间里，我透过窗户看着楼下面无表情的行人。

上午我慢悠悠开车到公司，我给大家开会，挨个儿将他们的业务问了一遍，在表扬和批评中我让他们有压力有动力，让他们思路清晰目标明确。然后他们说困难，我在这些困难中筛选，可以克服的就让他们毅力加巧劲，不可以克服的我们就探讨，我对他们始终和颜悦色理性平和，我知道私下里他们都说我这人不错。

开完会我对李集说，你帮我打个电话找元泰物业，就说你是政府下设的贸易公司，安排办公室小孙去他那里谈一下租房的事，多余的话什么都不要说。

"咱们准备搬家吗？"

"不是，有个客户要搬过去。记得留我的电话就行，别的不要说。"

我知道李集在电话里会有一股浓浓的官气，他的重低音还是能镇住精明人的。说完后我就去了艺术馆，杨馆长歪着嘴笑着说："子台长，你今天心情不错哟。"

"杨主席，你又新进什么好东西了吗？"

我俩始终这样称呼彼此，不明身份的人听到这种称呼会引起他们关注，让这些陌生人对我俩拿捏不准，这算是我俩相互调侃的副产品。

这位所谓的杨馆长，是我很佩服的老家伙，他聪明幽默，我从他身上还真了解到很多做官的心理，因为我这成长中的小屁孩对当官的还是满腹崇拜的，有惧怕的心理。他告诉我，这些当官的，无论大官小官，其实跟普通人一个德行，表面上装模作样，其实都是利害得失男盗女娼的德行，他们跟普通人一样不复杂，只是皮影戏里面的皮，你若把握不住对方想法时，就想这句话就可以了。这番话还真是促成了我后来的成功。

"你看看这是我刚进的几块奇石，怎么样？"

我装模作样地看着，他认真讲解着，这样他自己就进入了艺术，我不断赞叹着，然后他就自以为是艺术家了。

记得有次恭维他：你本应该可以做大官的。他说时运不佳呀，没办法，不过我爸爸更狡猾，属于老奸巨猾的人。就这一句话令我对他刮目相看，不会有人这么评价自己的父亲的，但他可以，说明他是冷静的理性的超脱的。

李集电话告诉我，元泰物业那里已经约好了，你下午过去就行，对方是邢经理。

忙完这些后我的心理开始变化了，心的疼痛慢慢发作了，因为我的新想法破土而出了，我躲不开了，当断不断必受其乱，必须要出手了，本来是一直处于犹豫中，一直在拖延中，但没办法，旧日的一切都成云烟了。

41

我给冯小璋拨电话了，"最近好吗哥们儿？"

"哦，你呀，就那样呗，有什么好的。"

"你现在在哪呢？"

"干吗，你有啥事？"

"想买你一幅画。"

"别忽悠我了。"

"真的，买你的画忽悠别人。哈哈。"

我到了冯小璋家，其实就是公司宿舍，那宿舍离公司很近，我在公司的时候，他们经常中途跑回宿舍，我没带任何礼物，我知道我的想法本身是大事，小恩小惠是没用的，礼物不会改变他的心情的。宿舍很整齐，甚至有点过度干净了，这小子单凭这种洁净就足可以吸引女孩，这点比我强，我只是一般干净，但我很利索，东西分类好。

他歪着嘴笑，"听说你开公司了，混得不错，你怎么想起我的画了？"

"我没想起你的画，我是想起你的人了。"

"什么意思？"

"你准备永远留在广告公司吗？"

"那我去哪里，没钱没势，反正进不去好单位，还能去你那皮包公司吗？"

他对我说话一向这个德行，说不清是不尊重还是自嘲。

"我可以把你搞进事业单位。"

"你没病吧？"

"真的。把你搞进事业单位或者送你套房子。"

"怎么回事，需要我杀人还是放火，我可都做不来。"

"都不是，你跟管青结婚吧。"

"什么？我靠，你病重了吧，她现在不是你的女朋友吗，为什么呀？"他瞪大了眼睛。

"我不想要她了。"

"那不理她就可以了呀。"

"不行，她一直喜欢你，我想让她幸福。"

"去你妈的，你成精神病了吧。"

"别骂我，真的，我是认真的。"

"你他妈绝对是精神病，要么就是骗我，有什么不可告人的秘密，谁他妈的因为爱一个女人就帮这女人拉皮条。"

"我是真的。"

"我不会干这种缺德的事,我有女朋友的。"

"真的,这是二选一,要么房子要么事业单位,你知道我有个亲戚在政府里面当官。"

"我女朋友怎么办?"他咽了咽口水。

"你想办法吧。"

"不行不行,这不是卖身吗?"

"要么这样吧,你可以不娶管青,但你要跟她处三年。"

"你到底是为什么这样做?"

"你同意我就告诉你。"

"我再想想吧。"这帅气的冯小璋眼神已经迷茫了。

"没关系,三天后跟我联系。"

他站在那里发呆,上嘴唇压着下嘴唇。

42

这已经是下午了,元泰写字楼就在附近,我需要搞房子了,先给寻化民打电话,我说一会儿去你那里,你公司要关上门,见到我后不要打招呼。

你玩什么把戏?

别废话了,好好配合,保你一周内搬家。

就在一楼有个打扫卫生的人正在那里低头忙碌着,我问物业邢经理在哪里。

邢经理见到我是用力握手，他表现的是热情真诚甚至厚道，我那一刻是羞愧的，因为我要骗他，其实我后来对这些品质有了新的理解，很多人往往用热情真诚甚至厚道表现自己，但在利益上是锱铢必较，那种表现出来的热情真诚甚至厚道就是他们的面具，是他们的选择而不是自然流露，这些表面的态度很多都是陷阱，他们用态度和动作欺骗。

但对于我的欺骗呢，我很长一段时间也是羞愧的，后来想这事利于自己就不应该羞愧，因为我需要在这个世界觅食，我知道即便如此这种说法还是不道德的，我就想那些历史事件，二战时诺曼底登陆不也是用很多障眼法吗？王莽篡权不也是用各种伪装吗？

以我现在的哲学水平，这种类比方法是回避问题的，是不直接面对道德的。

我说我们公司准备选地方搬家，刚才转了一下，发现你们的四楼很好，我们公司要租一层楼，租下来还需要装修。他说正好，我们四楼的一家准备搬家，另外几家我们也可以帮助协调，应该没问题，欢迎你们这类大公司入住。

我说谢谢，那我周一过来签合同吧，明天我们公司的领导要去办公厅汇报工作。

他连说对对对，孙总你们是做大事的。

我说我只是办公室的普通办事员。他说您来自政府，那就是领导，办事的也是我们的领导。他的脖子上有道疤痕，他笑的时候，疤痕也跟着伸长。

在临走时留了电话给他,那是政府的总机号码,当然我也留了自己的手机号,后来想到这家伙的疤痕,不会有黑社会背景吧,我的嘴不自觉吸溜了一下。

这是周末的下午,我在泺源大街开着车。那时的济南大街上是没有很多车辆的,是没有停车场这个词的,街上是空荡的,手机是空荡的,上面没有管青的任何消息,我的车是缓慢的,是没有方向的,我的心是疼痛的,是无所寄托的。晚上我什么也没吃,甚至没开灯,我是穿着齐整横躺在床上,我望着黑暗,我陷入了黑夜,然后被黑夜埋葬。

43

我打电话对淡艾说我准备出国了,只是一闪念的想法,我就告诉她了,这是周日的上午,我本不应该打任何电话,尤其是给工作方面的朋友,我真是太烦了也太无聊了,烦让我讨厌眼前的世界,不自觉地美化了国外,无聊让我厌恶当时当刻,跳出这些情绪,突然想给淡艾打电话,我不知道这么说会有什么效果,需要达到什么目的,我就是想找一个可以吸收声音的耳朵,然后再发出回响的嘴巴,我就想到了淡艾,没想到她并没有接我的话而是直接问:

"你现在干什么呢?"

"我在发呆。"

"你来接我吧。"

"去哪里？"

"什么地方都可以，离开济南就行。"

在接她的路上我还是有点儿兴奋的，这应该是我第一次从一种孤独绝望的境地里跳跃到另一种不知深浅的悬念，我曾经严重失恋过一次，那是初恋，然后沉寂了很长一段时间，在孤独中自我疗伤自我结痂自我安慰自我重建。

在小区门口等待时，我就想淡艾怎么解读我，我俩是什么关系，我俩会到什么程度，我要达到什么目的。

时间不久，她慢慢走出小区，淡艾化妆了，长长的睫毛和红嘴唇和淡淡的笑，

"去哪里？"

"你说吧。"

"要么咱俩去淄博吧。"

"嗯，好，没人认识的地方就可以。你怎么想出国了？"

"想换个活法。"

我开着车一路向东，她不再问我什么，我也不问她什么，只是开车，她只是望着车外，车里放着我喜欢的各种音乐，长时间我俩并无对话，或许都掉落在各自的烦恼中，后来她说她其实平时话很少，有时愿意陷入遐想。我说我也是，其实我经常进入瞎想，就是那个瞎子的瞎，我俩相互望了一眼，笑了一下。

太阳接近车顶了，光芒在她身后形成了淡淡的身影，座椅的皮具光亮深浅不一，这都是我的记忆，这个记忆形成了一种温暖，也形成了一种遣责，是对我无心无肺的批判。

我俩在张店区找了家火锅店，当时是我说喜欢火锅的，她说好，那就火锅吧，我点了鸳鸯火锅还喝了北京二锅头，这都是我喜欢的组合，她也跟着喝了一些，我俩仍然没多说什么，或许有种共鸣，那就是无聊的生活不需要聊，周一到周五就足以应付了，周末就是休息就是暂停就是摆脱。

应该是酒精的作用，其实没有酒精，在路上看到她的裙子和皮肤和细白的腿时，我就有了联想，我的性欲就开始窜动，很快，酒精还是帮助我的性欲压制了我的理性。

我就说："咱俩是朋友吧？"

她说："怎么了？一定是呀，要么我跟你过来干吗？"

"朋友就是无话不谈吧，是可以相互帮助彼此奉献吧？"

"你想说什么就直截了当吧，别绕圈子。"

"那我说什么你别生气。"

"哈哈，好吧。"

"边上有家宾馆，我去开个房吧，中午咱俩可以休息。"

她很平静，"哦，没问题，你进房间后给我发短信就行。"

这是家普通的宾馆，我开了个标准间，两张床，我俩各睡一张，她太镇定了，这不像是上床前的激情，我突然想是否把话说得不够清楚，我只是说休息，现在又各睡各床，似乎还有艰难险阻没有跨过。

我哆嗦着说："需要你的帮助了，我想抱抱你。"她闭着眼睛并没有话语，我就走过去俯下身抱上了她，紧紧地，她的气味气息我的气味气息已经难分难解，我亲她的手、她的耳、她的脸、她的唇，她有反应了，我们一起进入了彼此的炙热。

在多年后曾经想我俩的结合竟然那么直接简单，没有浪漫没有过程，彼此都像是老手，都像是饥不择食，其实她是我第三个女人，后来才知道我是她第二个男人，到底是谁勾引了谁，为什么我是那么地胆大，或许就是直觉，她一直不说不，我的理智也就不说不，我的本能就会自行其是。

事后我问她："你怎么看我？"

"嗯，你是个可爱的小男孩，非常可爱的男孩，你真的很好玩。"她先是用右手揉了一下眼睛，然后望着前方，"你不是他，他会打我，打得我想去死。"

我看了她一眼，小心地开着，车速略略地降低了。

我没有问他是谁，我不知怎么说了，因为她很平静，我不清楚她需要安慰还是需要引导，这些我都不会。

进入济南街区的时候已经夕阳西斜了，我突然有种莫名的感动，有眼泪潜伏眼眶的挤压感，我明明没有想任何事，我还在开着车做着标准动作，我俩告别时相互还是保持着礼节，跟以前一样。

44

我到家后并没有上楼，我走在街道上，想看周围，而不是回到房间内只看自己。

在宇宙里我还在想自己有什么与众不同，简单地说细节上没有任何是相同的，但这也是与众相同的，因为每个人细节上都是不同的，但总体上都是相同的，相同得令人乏味令人不值得珍惜。我就是如此，我还类比别人，我在想那些圣人伟人们，孔子亚历山大大帝苏格拉底布鲁诺李世民朱熹华盛顿，这些人会如何，我应该在我的宇宙里寻找他们，然后把位置让给他们，不管他们是否是争议人物，毕竟他们比我这无名小人更有说服力。

凭现在的经验，淡艾在她周围的世界里一定也是挣扎的，她需要力量，我只是偶尔闯进她世界中的异物，对她是新鲜的是解渴的，她就像蜘蛛，吃到我就会有新的力量，新的力量就会让她强大。这是本能的需要。

我又给管青打电话了，长音号不断重复着，每一声都是一种期待，我什么都不想吃，就是不饿，打开了电视，淡艾总是在我眼前，而我想不起管青的模样。

新的一周开始了，还是一堆堆细节，买菜，加油，洗车，挑CD，给手机充电，这都是占据时光的事件。我是在中午到达公司的，刚进门手机就响了，是寻化民的电话，他低低的声音压抑不住快乐，

"哎，你知道吗？大楼物业告诉我，让我抓紧搬家，我问为什么，他们说看我不容易放我一马了，他们怎么可能善心大发，是你干的吧，你是怎么做到的？"

"哈哈，服我了吧，抓紧请我吃饭。"

"当然，当然，吃饭随时。"

放下电话我就告诉财务宁萍，抓紧给一个名叫严鲁的家伙打电话，给他送支票，这就是我的风格，答应了就抓紧办，生活的节奏

要快，若是不快，那就要自己去加快，要让自己的节奏改变周围。

我在打电话时心思是散乱的，不是一心一意的。我当时被寻化民用的词，放我一马，唤起了我在电视台播放的广告缴费事情，木宁也放了我一马，这是我答应严鲁的结果，我现在要把严鲁的事情做完，就是所说的动作要做完整。

我知道每个人的专心程度是不同的。记得上大学时有个叫王炜敏的家伙，他失恋后的举动是上晚自习，一个人背着书包走向灯光惨白的教学楼，当然用现在的眼光看，或许人在自习的状态下，他是想让自己的心乱飞，而不是在人群中让嘈杂的口舌刺激。我还记得高考考场上在答题的过程中其实不乏胡思乱想，当然对于题目的心思像大树的主干，而胡思乱想的东西像枝枝杈杈。我据此推断出，没有全心全意的可能，那只能是不顾事实的吹牛说法，身体所有的部分都在新陈代谢，它们都是有自己的本能，外界刺激或外界信号是生命的一部分，这是自然属性，不可能全心全意，身体做不到。

电话又响了，是冯小璋，他说咱俩在杆石桥附近找个地方坐坐聊聊吧。

我知道他同意了，马上告诉宁萍，给我拿五万现金。

回忆我这人生，似乎部分时光都是在什么酒吧什么茶室度过，但可笑的是我并不懂什么酒什么茶，甚至酒吧或茶室里的音乐装饰我也辨识不清，当然这也证明了，我的心思是分散的，或者说我的心思有点集中，都集中在来的人和谈的事了。

45

就在杆石桥附近的酒吧，冯小璋坐在那里扭来扭去，我当时理解这小子一定是痔疮犯了，因为我痔疮犯了就是这样。其实按照现在的经验他这小子一定是很紧张，倒不是因为我的压力，而是这一向是规规矩矩的帅气男孩突破了以往的惯性，准备做一件自己难以接受的坏事，他被规矩的过去谴责，他又被期望的未来勾引，那时是他的未来和他的过去在现实中打架，他的心里就会纠结，说话做事就不稳定，表现出来就是东倒西歪的坐姿。

我可以读懂别人，当然这雷同于哲学里的独断论。就是说一个人理论多了就会自以为是，所有的现象都会用自己的观念去套。其实若真富有经验，就会怀疑这理论的通用，因为生活的意外太多了，例外太多了。

他的第一句话就吓了我一跳："我跟女朋友都说了。"

"什么？"我暗暗骂这是个外强中干的尿包。

"女朋友说若是我进事业单位当然好了，不过能有套房子就更好了。"

"哦。"我心里暗暗舒了一口气。

"你还是给送套房子吧，四十万的。"

"啊，这么贵的房子？"当时在济南通常是二十万就能买套不错的房子。

"我也不狮子大开口,四十万是可以的,我女朋友还说要写她的名字。"

"哦。"当时的直觉就是他女朋友真是很势利,那她就一定没有强大的信念,就一定容易收买。

"另外我顶多和管青相处两年。"

"什么?让你玩人家两年还要凭空得到四十万,你没事吧?"

"去你妈的,你以为我跟你一样玩弄女孩吗?"冯小璋这一刻像个莽汉,他瞪大了眼睛。

"二十万,三年,要么拉倒。"我表现得很坚决,其实觉得四十万两年也行,但我要让这谈判有个过程,太快了显得不认真不严肃。

他说:"要么我再跟女朋友商量一下吧。"

我说:"这是五万元,你可以先拿着。"

"先不拿,定下来以后再说吧。"他摇了几下头,

我心里基本有了底,其实这一年我已经赚了七十多万,但我这人生活很单调,平时也没什么大花销,吃穿都不精细,也就不讲究,大部分时间看看书也没什么特别爱好,平时是个小气鬼的模样,也就更没人打我的主意。管青花了很多,当然我也是有意限制她,另外给爸妈弟妹寄了一些钱,这些加起来也有四十万了,所以我现在也有三十万存款,另外广告费我给电视台都是能拖就拖,对客户的收款却是毫不手软,这样账上竟然趴了几百万,虽然公司看起来穷酸,其实还是有些底子的。

我开始反复预测未来了,管青和冯小璋的结合经过两年会达到什么程度,管青会怎么对待我、对待胡京端呢?

这又熬过了十天，我还要给管青打电话，要见到她，看看她是否在变化中，是否有什么空隙我可以穿过，想到这儿我马上拨电话，她还是不接。

不行，我一定要见到她，冯小璋这条路我还是看看能否不需踏上，想到这儿，我就开车去她家，那个本应该给冯小璋的五万定金就藏到车座下面，在脏兮兮的塑料袋里面，即便有人砸车偷东西也不会翻这破塑料袋的。

46

接近傍晚了，到处都是自行车和人，我小心地开着车，嘀咕着谁也别碰谁，心里在预测管青会怎么见我，我还是买束花吧。

管青在我的喊叫后下了楼，她怒气冲冲地走近我。

"二百万在哪呢？"她似乎没什么变化，除了扭曲的脸。

"我慢慢赚，明年给你。"我递出花，她接了过去，我心里突然一热，开始咧开嘴笑。

"你不要再来这个地方了，咱俩结束了，你是个骗子，还是个侏儒，滚。"她边说边把花砸向我，花朵和我的眼镜都飞了起来，因为笑才咧开的嘴也吞下了一片花瓣。

"我下周就去找胡京端，你这侏儒骗子。"她眼睛冒光，转身走开。

在傍晚的夕阳下，她的身影细长犀利，像一根扎透我的针。

我蹲下身子捡起眼镜，眼镜没问题，我什么也不说，只是转身走向车，在过往路人的奇怪眼光伴随下。

这个无情的女人，我的钱都白白花掉了，管青现在不是我的女人了，她是我的敌人，对待敌人就不能心软了。我反复自言自语，一切都扯平了，我不欠她了，我唯一需要的就是保住我的现在，我需要冷静下来，不能跟她斗气，我必须用这个办法解决她，道理很简单，一个找到真爱的女人会原谅过去一切的，她若有了冯小璋，就一定会原谅我的。

现在看来，我年轻时代的面庞一定被这个事件扭曲了，多次重复后就会留下痕迹。

我就坐在车里，看着夕阳慢慢落在楼后，看到红色在楼际在天空中，看到一切又慢慢变黑，路灯闪亮起来，这是巨大的沉默，我就在沉默中。

当晚睡得很早，这是星期天的早晨，应该是饿醒了，我厌恶自己的身体，这么多无休止的需要。我是到小吃摊吃的饭，实在不想做饭了，我受不了这种一人做饭一人吃饭的寂静和重复了。

我又给淡艾打电话了，我俩去了卧虎山水库，又到了一起，这次做爱我俩竟然没有前戏，就是接吻，然后我剥她衣服，然后进入，像条野狗。这就是我星期天的全部，现在看来就是老鼠般的流窜，匆匆来匆匆去，匆匆进匆匆出，没有地方可以留住自己。

还是杆石桥那里的酒吧，冯小璋是和女朋友一起来见我，这是我第一次见她，她竟然个子小巧皮肤稍黑，五官平俗，明显两人不配套。我暗暗惊讶，甚至怀疑爱情或许真是存在，这种理念的东西超越了现实的美丑。

她自我介绍说叫周倩,她说我俩要跟你谈谈这个荒唐的事。她说话的时候眼光锐利,没有一丝笑容,这种开场白一下子让对话隆重起来,我似乎一下子明白她和冯小璋在一起的原因了。

"你为什么要花钱让冯小璋做这事?"

"你们没必要知道,你们能做就做,不做就算了。"

"不知道原因我们是不会做的。"她坚决中还透着严厉。

音乐的节奏无力地自行流淌着,像海水无休止地拍打着礁石。

我开始什么都没说,脸色一定是苍白的,我也是严肃的,我想他们或许只是需要一个理由,或许是一种安全的需要,而不是侵犯,那我就编一个吧,怎么编呢,就是将真相稍稍地扭曲一下。

"其实这事是我混蛋。"我用这句开场白的时候依次看了看他俩的眼睛,然后自行笑了笑,眼睛望向别处,余光中看到他俩在期待着我下面的话,

"小璋知道我一直在追求管青,但她对我不理不睬,我就不停地给她送礼物,这样的话她也只是跟我吃个饭,我一直心急,一个月前我搞了点药,然后晚上喝酒时趁她不注意把药兑到饮料里了,然后我就把她那个了。"

"啊,人渣呀人渣。"周倩做了一个摆头的动作,这是一种蔑视的表达,冯小璋则是不停地摇头,这是一种他头脑风暴的表达。

"唉,我也是后悔,我一直自责。"

我这话也是对应周倩的话,这样会让我们产生相近的观念,这会引起共鸣,会让她相信我这故事的真实性,冯小璋明显进入故事里了,他一直在我故事的逻辑里面。

"她是在我家里醒来的,她发现了她就不干了,她大吵大闹她要报案,说要把我绳之以法,你知道,管青是个一根筋的人,她认准的事情就会坚持到底。"我低着头说着。

"嗯,是的,她是很犟,"冯小璋说道,冯小璋已经完全相信我的故事了。

周倩瞪了他一眼。

以我现在的经验,我知道一个人是有很多倾向的,你可以把一根筋的人说成是一根筋,你也可以把不是一根筋的人说成一根筋,因为那所谓不是一根筋的人不会永远保持不是一根筋,偶尔坚持一下自己是正常的,那些不同观念的人就会认作一根筋,这是人的认知偏差。

"管青说她的身子被我破了,说她一辈子被我毁了。我后来反复央求,她说给一千万她就不报警了,我怎么可能有一千万,最后我俩说好了是二百万,一年内付清。"

"啊,你是有钱,那你找我们干什么?"这是周倩问的。

"让冯小璋跟她好,让她不偏激。"

"哦,明白了,你是为了省钱。"

"我哪里有二百万呀,不得不答应,开公司这么久也只赚了几十万。"

"开公司这么久也只赚了几十万?"周倩重复着我的话,瞪大了眼睛,我嗯了一声,并没有额外想什么,后来的变化让我反思就是这句话让周倩抓到了什么,应该改变了周倩的想法。此刻我们三人都陷入了沉默。

"不过管青是有些过分了,要二百万。"周倩冷着脸说,我感觉她已经跟我一致了,她就有出手的合理性了。

"她应该把你送进去就行了,要什么钱呀。"

"别这么说,帮帮忙吧。"

"那她跟小璋好了,也会跟你要二百万的。"

"我相信她不会的,估计二十万就可以了。"

我们最后达成的结果是三十万,两年,先付十万,然后每年年底各付十万。

离开的时候周倩竟然说这样做也有风险,或许会把我和小璋的爱情葬送了。

我说:"你俩是真爱,真爱是可以经受任何风吹雨打的。"

她说:"那是当然。"她斜眼看向冯小璋,眉目清晰。

事后看来,这句话是用信仰安抚现实,对于有信仰的人是有用的,他们相信对方,相信爱情,这样我的话就是对的,青春就是这样,要相信自己的力量。

用现在的眼光,当时周倩是怎么想的,她不在意冯小璋会因此变化吗,她怎么掌控她的爱情呢?很多人都有强烈的控制欲,那就是让自己尽量抓住这个世界,不能让这个世界出乎意料,抓住世界才意味安全,才意味幸福,她应该也是年轻,还存有信仰,但当她缺钱的时候,在金钱面前就会低估世界的复杂了。

但当时我更多担心冯小璋是否可以搞定管青,我被管青的疯狂吓到了,我只想从眼前逃脱,怎么会在意未来,未来的陷阱留待未来去应付吧。

47

  我看着办公室的白墙发呆时，没想到严鲁给我打电话了，他问我："有事吗？过来喝酒吧，酒席里有一堆我需要结识的关系。"他的热情马上浮现在我的脑海，我的大脑袋随之热了。
  这只是普通的周二下午，我处在一种无所事事的状态中，公司业务方面的应酬我都交给这帮业务员去做了，他们有提成激励，会无比用心的，另外他们大都比我年龄大，跟客户在一起时他们会觉得我碍手碍脚影响他们的形象和发挥，所以就不会很真诚地劝我参加，这样的结果就是让我悠闲很多，当然副作用是他们掌控了客户就对我有一定的威慑，或许是我看书多，或许是我天性狡猾，或许是我在大学是学管理的懂得搞人，我就平衡他们的业务，抓住他们的合同，让他们相互斗起来。
  "我说可以呀，晚一点儿过去。"
  严鲁这小子自吹有实力，那么我也见识一下，或许可以投靠一下。
  济南是个什么城市呢，在恍惚中只能想到绿色和灰色两种颜色，对应的实物是树叶和楼面，无论是身体感觉还是心理感受，这样很鲜活，很真实，而不是某些名人所吹嘘的文化艺术历史沉淀，很抽象，很空无，这样生出的误解给很多人套上了枷锁，一个历史悠久的城市总会被悠久历史拖累的，如同一个醉汉，总是要慢一点。

就在山师东路一家饭店包房里,我进入时已经男女一帮人了,坐在主位的严鲁正张牙舞爪演说着什么,他看到开门的我,马上热情异常转向我,然后面向大家:

"各位各位,隆重推出隆重推出,子总,这位是子总,我的哥。"说着走到我边上,令我不安的是,拉起我的手竟然还弯腰亲了一口,我趁他不注意就把亲过的地方在衣服上蹭了蹭。

"各位知道吗,子总是蝴蝶品牌的山东广告总代理,每年经手的钱数以亿计,子总是济南十大杰出青年,大家欢迎大家欢迎。老兄请坐老兄请坐。"

满桌的人都在看着我,各种容貌各种笑容,他的这种热情我还是第一次遇到,我只是笑。真他妈敢说,还什么十大杰出青年,我从小长大也只是做过一次"三好学生",上学时候班干部都没做过,属于跟屁虫之类的群众,而不是代表民意的极少数人,当然我还是喜欢他这么说,尤其在一帮陌生的男男女女中。

我说不完整不完整,准确地说是名列第三的杰出青年,我咧着大嘴笑着,其他人也真真假假、懂或不懂地笑着。

酒宴就这样开始了,其实我这人还是不善于言辞,话语一直是由严鲁控制着,他大呼小叫忽高忽低,一副家族族长的模样,我变成了他的听众,甚至是信众。他口水喷洒,四处飞扬,某种角度看过去应该有道美丽的彩虹,我们在包房里相互交换着气体,这样我们融成了一体。

我边上坐了个不漂亮的女孩,单眼皮,脸瘦长,五官各自独立,按照介绍,她是杰森热水器山东的代理,她说话洋气,香味在发散着，我在一闪念前是没有兴趣，但在她娇滴的口气和酒精的扩展中慢慢生出欲望。

某一刻我冒出幻觉，一堆骷髅在机械地推杯换盏，这种图景下我没有恐惧，却是悲哀的无意义感，这种无意义感反复冲刷我的大脑。

严鲁穿的是中山装，这让我想到了高中时代的校服，三个口袋的校服，那时候不懂审美，就觉得三个口袋不对称，或者不如四个口袋装东西多。我的毕业照也是穿的这三口袋校服，拍照的那一刻我把右手放到了胸前，相当于自己又搞了一个口袋，这样的校服就完美了，于是照片就定格了这个动作。后来很多人问我这是什么意思呢，我说这是胸怀大志的表达，其实是我想要做一个跟他们不一样的动作，目的就是表达我跟你们不一样，不一样就是目的，就是年轻人的目的。后来看了《动物世界》，发现炫耀不一样其实是种自卑。

我在学生时代是个什么做派呢，应该是个不受欢迎的人，也是个不被关注的人，自认非凡不同，但学业又平常，我就在这境况下进入一种坚持，因为是重点高中，所有的人都在努力，我的努力也就像满天星之中的一颗小星，没人会注意的。我仍旧坚持自己所认为的非凡不同，但成绩和努力各走各的路，努力在提高，成绩在固定，这样一来每天的情绪就是焦虑，然后表现就会不稳定，不稳定就会不谦虚不谨慎，就会得罪人，每当深入到学生时代，我就有一种不舒服的感受，或许就是自卑吧。即便以现有的自信重回那个时代，现在也不知道有什么更好的办法挽救当时的自己。

48

热水器女孩真是不漂亮，但她身材凹凸，她以妩媚的一切展现自己，她语气娇嗔神态娇柔，真是不漂亮的一种补偿，我当时就有一种酥化的感觉，当然我也发现，她的妩媚对严鲁也是如此。现在看来这也是一种美丽，或者替代为气质。饭桌的气氛真的很好，严鲁跟他们在吹着日语跟我还吹着英文，甚至他还说什么弗洛伊德和荣格和阿德勒，真是一副博学多才的气势。

反客为主的事我做不来，就只能做听众了，当然我的目的还是想投靠权或利，一定不是投靠博学。看严鲁的无边无际我就盘算这食客们，他们看起来大都是平常打工仔，不知什么把他们串联到这饭桌上了，严鲁拉我入的饭局不知出于什么目的，反正不是什么乘凉的大树，比较起来只能偷看这热水器女孩了，当然既是她的身体，也是算计她的广告投放。

现在看来我的确很不地道，因为她毕竟是严鲁的客户，是不能横刀夺广告的，但我还是干了，这就给以后的自己埋下了隐患。

我刚到济南时有个朋友，这朋友后来的老婆就是当时他同学的女朋友，当时他那兴奋的同学带着女朋友找他玩耍，没想到他和这女朋友一见钟情，俩人就接上头了，然后就如胶似漆了，最后他和他同学就变成仇敌了。这是他跟我说的，之所以告诉我应该就是来自于心底的不安，这毕竟和社会上宣扬的光明正大相悖，他需要倾诉，需要把这不安从脑子里揪出来放到大众语言里晾晒，然后建立心理的根据地，可以舒心的根据地。

我当时应该是安慰他了，安慰他的话应该是有一定逻辑的，这样的逻辑也就变成了我真实的想法了，这样也就提供给我对热水器女孩下手的依据了。记得那朋友骑的自行车很高大，尤其是两个前后轮，快速地丈量着街巷。

应该还是处在混沌中，在管青的压力下我一直有种朝不保夕的恐惧，恐惧是强烈的明确的，我就有放纵的心理。

第二天晚上我就约热水器女孩吃饭，然后带她去那个叫阿波罗的迪厅，迪厅里的声音和节奏都在狂虐着，她一直姿态上妩媚，声音是听不清的，就看表情和神色，我就一直心里酥软中，这种酥软变成欲火的燃烧物了，就在我自以为得手时，我的动作开始加大，试探性抚摸时，她坚决但缓慢地推开我，然后示意我出去。

那个夜晚，黑暗的天空并没有悬挂月亮或星星，只有路灯散布的昏黄环绕着我俩，她不再娇嗔了，她很冷漠，说要一人回宿舍了。我惊诧地望着她，不知道是否做错了什么，下一步应该做什么，她打车走开后我是走回住处的，那是需要一个小时的路，我就走着，想着我和她的夜晚，想着我说的和做的有什么引起她的拒绝，真是没找到什么引起她反常的东西，然后又开始想在这整个月里，这半年前前后后发生的事，所策划的事，所招惹的事，我还想热水器女孩是有心计的，我还想冯小璋在怎么做，我还想管青的愤怒里是否还有缝隙，我甚至还想到了爸妈的期待，就在这些想法乱窜中我向远处的家走着靠近着。

我不清楚性对我是早还是晚，小学时班级好像女孩比男孩还多，其中漂亮的有好几个，她们每一个我都喜欢，任何一个若是对我笑一笑都会在心里掀起巨浪，我马上就会爱起来，但可惜的是她们都很严肃，不会有人对我无缘故地笑，我当然也是表现得害羞，做事有时就和想法分裂甚至反方向，因此我也就习惯于当时被称作的两面派做法，或者后来称作的人格分裂，这样的分裂或许也就奠定了我的多重人格。

宇宙之王这个词也真限制了我，我进入了想象的极限，本来每次睡前我都可以勾画一番，但慢慢进入了枯竭，像河水无穷地流动，终于发现河道更无穷，一浪更比一浪弱了，总是围绕着吃喝玩乐，无穷的重复就变成无聊乏味了，若是追求新的，又需要更深的冲动，我就重新想这人类居住的地球，两次世界大战杀死了巨量的无辜的人，这战争促进的新技术又养活了更多的人，若没有战争，就没有种族平等，也没有科技巨大进步，这一切貌似进入一种数理统计里，简单地看是无辜人的命换来了更多生命爬满人间，这样的后果简直是正义崩溃。

以现在的经验我知道女孩是千姿百态的，有的女孩貌似大度开放，其实是很难深入的，如同那浩瀚的沙漠是难以走出的。

我那时没有经验，但直觉那热水器女孩在耍花样，毕竟那些天心情不好，那被她点燃的性欲就只能自生自灭了，不再以此为契机大兴土木了。

但一切都是有缘由的，热水器女孩不是无缘无故哆来哆去的。

49

几天后我给冯小璋打电话问怎么样了,他说你不要给我打电话,你接电话就行。

没多久他打来电话了,说目前没有进展,管青对他不理不睬。我问他想好怎么办了吗?他说你别管了,周倩很有数,他接着说你要有急事直接给周倩打电话。

没想到热水器女孩给我打电话了,她软软娇嗔的声音扩散在空气中,她问你干吗呢?中午有空一见吗?我多少有些赌气,感觉被她折腾了一下什么也没捞到,一个平俗的女孩装成女神,挺没趣,而我呢,明知道是假女神还不退下,显得自己很傻很色。

我就说:"中午有事。"

"那明天中午见吧,我见你是有合作的。"

"什么合作?"

"见面再说。"

"晚上不行吗?"

"那就一周后找个晚上吧,我这周很忙。"

"哦,那就明天中午吧。"我做事快或者做事急躁的特点发挥作用了。

断了电话后,我的身体好像一下子又进入那个兴奋的夜晚,我对她的娇柔有了期望,这期望又夹杂了迫切,这是什么在涌动,我在自省，直觉这女孩应该不想上床，否则一个大中午可以做什么呢，只能说话，还说要合作，合作什么？

当年上学的时候因为搬过三次家就有不同圈的伙伴或同学或朋友，大学是孤身在武汉，分配也是孤身在济南，以后换过几次单位也就有不同的同事圈，这些同事们跟我的交集或长或短，曾经的利益交割不强烈，相比较我的爸妈，他们的同事大都十几年甚至几十年，相互间的情绪比较强烈，甚至比较一致，这就是每个人不同的一辈子。

我开始慢慢回忆所有认识的人，把他们找出来，然后排列起来，看他们是否和我有共通之处，我幻想了空中的泡泡，把他们都装进一个个泡泡里面，我也在其中的一个泡泡里，他们在各自的泡泡里跟我交织在一起，我是所有人共同的东西，我又想那航空公司的飞行路线，我就是某个城市，航线无数条，他们在我这里到达或出发，他们每个人从我的头脑中飞出飞进，这一切组成了我，一个完整的我。

开始恨管青了，我想象在她的温暖中突然被一刀砍下，我的头和身体被砍断了，一个完整的生命一分为二，身体和头都在血泊里做最后挣扎。

热水器女孩名叫查娅妮，在严鲁的酒会上当她说出名字时还吓了我一跳，我还以为是开玩笑，因为我一下子就听成扎丫地，这么直白的暴力，没想到变成文字后处处散发出柔美，在和平路和山大路交口的一家高档餐厅里我俩面对面坐着。

若她长相漂亮，配上她的身材和她穿着的正装，在白色的窗帘和淡紫色的台布氛围里，我一定会迷恋其中，会有求必应。

我俩一直在一堆废话或一堆过渡语言里徘徊着，直到她不再发嗲变得一脸严肃。

"我们公司最近要有一笔广告投放。"

"哦。"

"你那广告公司帮我走账就行，事后二八开，你拿二，我拿八。"

"你怎么不找严鲁，咱俩毕竟是严鲁介绍认识的。"

"这个你别操心了，这事我来定，这个白赚的钱你要不要？"

我应该是目瞪口呆地望着她，此刻她的五官在紧缩，我的五官在伸展。

我当时真不该答应跟她合作，为何她会选择我，我从未觉得自己是个可信的人，因为初中时我就告过密，当时班级自习时，肖东凯顾大地张奇域说笑打闹，班主任闻声赶到，他们相互配合及时住嘴停下，班主任就查是谁喧哗，在无人承认后就把学生挨个儿喊到办公室问询，轮到我时，我竟然供出他们三人，这三人为此被训斥还被喊家长，这三人事后调查时没想过是我，我就是那个叛徒，在没有任何威胁下我就招供了。

后来上大学时看了部叛徒类的电影，发现在战争时代我一定会做叛徒的，因为我怕疼怕死，所以我的人生要躲避各种战场，没有战场，我就没有做叛徒的机会，没有这种机会，我就不是叛徒。我跟叛徒的区别是机会提供的。

我这人真是不可靠，但总有人以为我是可靠的，查娅妮就是其中之一，或许是因为我长得浓眉大眼五官端正，几乎所有的电影也是把这种形象的人安排到剧情里做好人，他们都在这类宣传下形成了固定观念，也就是以貌取人；我又想到了管青，管青应该也是这样，她以为我是可靠的，她不知道我长着叛徒的反骨。

在离开查娅妮后我竟然觉得她真有魅力，那种坚定和冷漠让我在敬畏的同时产生了依赖，我想抱她了。

现在看来查娅妮是用女人的阴柔开路，但只是开路，路通开后，再将男人的欲望踢开。

50

下午回公司的路上接到公司业务员的电话，他说有家医疗器械的客户想拍片并在综艺频道上广告，能不能找个台里的制片人和主持人一起过去商谈，我就拨淡艾的手机，告诉她有新客户准备投放了，需要你亲自接见一下安抚一下，这样客户就会财大气粗豪情万丈。她说没问题，基层慰问是她的分内工作。

顺利的时候就有忧伤涌上心头，顺利就好像开关，开关一打开，忧伤就流淌出来，我还是想管青，没有她的任何消息，就在我的思念左漂右浮时电话响了，一个陌生的号码，是周倩。她说小璋跟管青一起吃晚饭了，这管青是个很烦人很没教养的女人。

我真是想为管青辩解，但我只是哦哦地答应着。

清朝是怎么评价明朝呢？我们现在又怎么评价明朝呢？小学同学怎么评价我？中学同学又怎么评价我呢？这些评价一定是准确的吗？准确就应该被束缚吗？不准确又何必挂怀呢？评价这个

词真应该视而不见，否则只能是生活的绊脚石。

因为真有人为评价自杀，有人为了尊严自杀，就是捍卫或改变某种评价而自杀吧，所以评价有时候真是凶手。

我瞪着眼躺在床上，像个张开的剪刀，幻想着将生活剪碎，寂静一直在延伸，我就这样迷迷糊糊睡了过去。

醒的时候天还没有亮，手机显示五点十二分，初中时代的凌晨五点十二分我就醒了，然后就出去跑步了，沿着穿镇而过的国道跑着，我就这样跑过了初中，跑过了高中，甚至跑过了大学，工作以后就不再跑了，或许发现工作是人生的最后一站了，似乎已经看明白了，开始轻微地厌世，既然厌世，跑步的确不需要了。

我还是走上了清晨的街道，天色微明，路灯还在明亮，站在十字路口想着走向哪个方向，哪个方向我都熟悉，我都不想接近。

按照现在的观念，人生慢慢接近终点，人的变化趋缓，慢慢凝固，觉得自己就是荒野里即将枯死的老树。

整个上午我就坐在办公室里巨大的办公桌后面，听着柜子另外一面的他们在打着推销电话，我和他们在这个小办公室里面对着一个广阔世界，像摇荡在汪洋大海里捕鱼的小船。

中午寻化民来电话了，他说我们几人要做一件伟大的事，希望你跳入这个滚滚洪流中，具体你过来详谈。

"会不会淹死？"

"会湿身。"

"晚饭你要买单呀，我想这帮坏蛋一定是编出了宏大的借口来骗吃骗喝。"

"我，当然是我请客了，你现在怎么这么没出息了，几百块钱的事还是个事吗？"

"我现在就活在几百块钱的世界里。"我哈哈笑着，"时间地点人物都是什么？"

我放下电话后就觉得我需要牛逼一下了，不能总装穷，否则就被他们看不起了，就会被他们可怜了，就会跟他们不平等了，友谊就难以继续了。

中午我给淡艾打电话，问她忙什么呢，她笑着说正好我还要找你呢，我问领导你有什么指示，她说我们几个同事聚会呢，你过来买单吧。

我说这是我盼望已久的，"你们都原地不要动，谁动谁是小狗，我马上就到。"她在电话那边哈哈笑着。

我当然很高兴请客，若能进入她们的朋友圈就意味着我渗进了台里，像一种腐蚀的液体，我可以肆意腐化和结合，台里的资源我就可以利用了。

车一路狂奔，狂飙在大路上，后来的我发现当时的我真是做事麻利，后来刘彦东还说我这人决策快，发现错了，修正也快，总之是个快枪手。我想因为我的快，我过了别人的两个人生，当然或许也错过了很多缠绵且婉约的细节，这些细节里藏着神仙般的幸福。

进了包厢才发现只有三人，妈的，一大桌子菜，这帮台里的人从小到大成长环境好，吃喝玩乐细节标准跟我这普通人家出土的孩子不一样，我要装得跟他们一样，这样他们才会把我当同类，我大喊着加菜加菜，其实在等着淡艾的阻拦。

淡艾张罗着把那俩人介绍给我，师妹小君师弟辛铮，这所谓的师妹憨憨地笑着，而那辛铮瞪着眼似笑非笑。我并没把他俩放到眼里，当然嘴里还是客气和热情，我想无非认识他们以后，可以给他们劳务费，编辑一下广告或用摄像机干私活方便，但当淡艾说辛铮是台里新开栏目基层新闻的制片人时，我马上心里一热，当然也就明白淡艾介绍我认识他们的心意了，她是在帮我，当然也是帮他们，这类新开的栏目需要钱，通常广告部是无法精耕细作，因此新栏目往往需要在社会上讨食，我们这些广告公司的价值就出来了，我们会帮他们讨食，他们只需要装神弄鬼，这跟寺院相似，这些和尚们假装神仙们的代言人，其实钱都进他们的腰包里了。

我们快活地吃着喝着聊着，主要还是以台里的各种八卦为主，我仔细地听着并记住，留待别的场合跟别人吹牛，当然最后告别的时候我跟辛铮互留了电话，我们彼此需要。

51

我从不认为孩童时代是纯真无邪，童年时光美好的说法也很可疑，往往是记忆滤去了眼泪，那个时代里的孩子们也是相互嫉妒的，是放肆竞争的，为了各种小目标也用各种小手段的，记得被他们诱惑过去，走进他们挖好的陷阱，里面有水，脚踩进去就是鞋灌汤了，他们大声欢笑，虽然没有危险，但当时也是大哭着离去，那一刻在愤怒中，竟然有杀死那些孩子的心。

还记得小学四年级时去机关大院看露天电影，我没钱买票是混进去的，然后炫耀着告诉了同学，结果在"三好学生"评选时就被揭发了，我当时只是辩解，满脸通红异常害羞，我真不觉得那时有什么纯真无邪，那同学或许就是嫉妒所致，当然或许也是正义之心大发，反正我后悔透露秘密，以后我就管住自己的嘴巴了，这些与现实中的成人世界没什么不同。在成人世界里，情感更加丰富和精细，羡慕嫉妒恨这些事故更加滔滔不绝。

就在我赶往饭局的路上，大雨狂泻，飞转的雨刷已经无法扫清前窗了，我把车停在路边，望着雨茫茫的模糊，音响里放着悲伤的歌曲，我的眼泪流出来了，我跟管青相处有半年了，这半年所有的欢乐时光都被掰断了，我的人生夭折了，我以后怎么办呀，我还有爱的女人吗？

半小时后雨停了，车顺畅地在街上飞奔，在欢快的音乐下我愤怒起来，我对自己的软弱开始声讨，我毕竟发了财，还一段时间拥有了管青，我曾经玩弄了她，这是我的胜利，我应该窃喜，我不应该为没有娶到她而伤感，我应该像男人般豪情壮志，拿得起放得下，这一刻我就这样自我安慰自我激励。

我来早了，是第一个到的，寻化民订了个包间，我坐在桌边无聊地东张西望，心思是无限散乱。

有时想，我的自由能掉落到什么底线，我不做事肯定会饿死，社会肯定没有什么救济，我若在大街上乞讨，只能招来骂而不是那零碎的块儿八毛施舍。他们会骂我年轻又手脚齐全为什么要饭，所以我肯定没有不工作的自由，我若收入低，再混得不像样子，那我就会被周围的人鄙视，就不会有友情更不会有爱情，这种状态对于我也不是什么自由，我的自由只能是在有钱或有权的平台上，可以操纵别人甚至操纵爱情操纵未来，我应该为了钱或为了权奋斗，也就是为了自由，我这番总结其实也是普通大道理，也是废话，每个人都不用说的。但在我这里竟然还需要论证一下，这或许就是高等教育的副作用，我需要事事论证。

这帮家伙快慢不同地走进了包房，寻化民还象征性地跟我拥抱了一下，按照山东的酒桌规矩，房门和酒桌主位是对应关系，牛逼的人就在这关系里，而其他的人包括我就在这关系外，属于啦啦队级别的。

寻化民反复感谢我，他说："真没想到你这么厉害，那物业公司竟然放了我，搬走不久，那物业公司的邢经理打电话给我，骂我是骗子，你到底怎么骗的？"

我说我是艺术家，"艺术是不能探讨的，你只能看成品，不能看创作过程"。那物业经理应该也给我打电话了，这段时间每当看到陌生电话，我是不接的，心还是扑通扑通的，我不敢深想那经理由憨厚的笑转换为愤怒的扭曲，不敢想象那道疤痕的伸缩。

一顿乱赞和一顿大笑后，寻化民讲述一个新项目，是各种软件的搜索引擎和推广平台，这是有无限前途的创意，希望每个人出点钱一起走进这条金光大道。寻化民对着我说，你现状不好就象征性地出点吧，我们带着你玩，你别掉队了。虽然表面上我还是笑的表情，但心里是被人贬低的恼火，我就问带着玩儿需要多少钱？

"千儿八百就行。"

"那你们呢？"

"我们每人出五万，凑三十万就行了，另外二十万可以借或者找别人入股。"

"哦。"

听完，我心里松了一下，小时候喜欢看春秋战国故事，总对不鸣则已一鸣惊人的典故印象深刻，总希望生活的标志就是这样，我应该爆炸一次了，让这帮混蛋对我刮目相看，另外还有一点，若是投资个项目，有人张罗，属于出钱不出力还有未来的好事，算是搭着顺风车，还挂着大股东的名义，变相是他们为我打工，可以牛逼哄哄，那就太帅了。

"我出三十万，我做大股东。"我龇着牙笑着，这个辉煌的场面让我一生难忘，更没想到这是我一生最英明的决断。

很明显他们被吓了一跳，因为他们三三两两的窃窃私语被我的话扫荡了，就像树林被雷劈倒了一片，他们都看着我，寻化民看着我，又看向他们，再回看我：

"喝多了喝多了。"

"我没多，给我多少股份？"

很明显这公司的事变得好玩了，我若出三十万，那随即剩余的筹款简单了，大家都兴奋了，他们都看向我，每个人眼睛亮闪闪，我高高在上，一下子回到了他们的中心，像当年一样，这一刻桌子和门的对应关系应该发生变化了。

当年我们在那家组装传真机的合资企业打工时，他们都在技术部，而只有我在销售部，那时的我是拿提成的，是他们心目中的富豪，每次玩乐主要是我倡导，喝酒就是我为主的，我是演讲者，我就是中心，只是后来大家各自辞职，我有一段时间混得太惨，被他们篡位了。

在最后各自回家时他们发现我竟然是开着车，他们先是惊叹再是赞美，当然是用骂来表达的，我最后挨个儿将他们送到住处，那时是没有查酒驾的，也没有酒驾的简称，只是说酒后开车要小心。

这是一个扬眉吐气的晚上，一个虚荣异常闪耀的夜晚，没想到这个虚荣救了我，成就了我的后半生。

52

第二天上午就接到辛铮的电话，"子总，想跟我合作吗？"

"当然当然，求之不得。"

我俩就坐在贵和洲际酒店的大堂吧，都是西装领带，我俩一起融解在这庄严奢华中，像变色龙在大理石的纹路上延伸。

没想到辛铮几句话后就面目狰狞了，

"妈的，新栏目就像结婚一样，先是新鲜几个月，一年后爱情就不可靠了，就靠毅力坚持了，栏目开始好做，时间一长情怀就没了，就靠资金支撑了，资金才能带来荷尔蒙，所以开始就要赚钱，然后不断制造机会赚钱，赚到大钱了，栏目才可以千变万化，才会万古长青。"

很久后我明白了，这小子竟然将老妓女的经验用到工作上，这小子的确是有才气，虽然还是初出茅庐的小屁孩。

这方面我是外行，只能假装明白点头称是。他说这属于时政类栏目，需要打些擦边球，你明白吗？

我连说明白，我以前在《外向经济导报》干过，那时就是搞这类新闻的。

他说那就好，跟我们栏目合作，咱们二八分成，我们栏目是八，你若不同意，我就找别人合作。

这小子早已经盘算明白，话语坚决，脸色严峻，当我表示同意后，他稍稍地有了笑意，还用手捋了捋他不多的头发。

在这所谓的谈判期间我还接到了寻化民电话，他说："混蛋，你醒了吧？"

"怎么了？"

"你小子投资还算数吗？"

"当然当然，哥们儿一向说到做到。"

"妈的，看来你早发财了，竟然还被你骗吃了几年饭。"

"哈哈哈哈哈！"

"我今天下午就到你那里取支票呀，你做好准备。"

"好。妈的，你做事倒是毫不手软，不过要把股份什么的去工商局注册。"

"那当然，要么怎么混世界。"他不断地发着高音。

这熙攘的人流中，每个人都有自己的名字，都是不同的名声，其实都是处在各自漩涡中，都是按部就班地行进着，都是各种算计各种目标，我和他们没什么不一样。

当我这么想时，就换了种视野，我的世界是宏大的，我的卧室在甸柳庄，我的办公室在齐鲁国际大厦，我的客厅在各豪华酒店的大堂，电视台和各类客户就是我吃进去吐出来的食物，我的心应该就这样大，济南的街道就是走廊，我在这走廊里奔走，在这车水马龙的街道上穿梭，这每天的喧闹，没完没了的拆迁和建设，这些都在刺激着我推动着我。我不仅仅是被自己的本能驱动，也是被这世界的气氛所激励，这巨大的空间让我兴奋，让我手舞足蹈，我不断新生，千变万化。

查雅妮做事很利落，报社电视台都由她自行谈判，合同的事她都是自己搞定，其实我这公司只起个公章作用。

这是夏日的阳光，阳光没有变化，应该跟我童年的光一样，这些光进入我的脑海，我的大脑会加工，于是我看到的是光芒，令我情感发作的光芒，在我不同的境遇下会有不同的感受，我应该知道这就是世界的逻辑，他未必是他，我未必是我。

我一直在改换空间，我出生在一个地方，长大在另一个地方，大学是新的地方，工作在从没来过的济南，即便是济南，也是不断地换单位，也就是换地方，后来去北京再到国外。

最后我的想象就是做宇宙之王，是完全脱离了地球甚至银河系，这些地方在我的头脑中反复闪现，像风车的每个巨大的叶片。

高中时代一个好朋友来找我了，大家容颜已变，见到他那一刻我就知道，我俩回不到过去。他说要借钱，我突然对友情发生了怀疑，不是怕他不还钱，而是觉得现在的他和过去的他没关系了，我还和过去的他在一起，现在的他没有和过去的他在一起，最后我还是没借给他，我只是管他吃管他住管他玩。

我开始为新栏目基层新闻组建广告人马，首先就是要另租一个办公室，就在齐鲁国际大厦又找了一个房间，还在房门挂了一个牌子,基层新闻外联部,后来有人告诉我,租的那个房间风水不好,说法就是前租客也是报社搞三产的一个小领导,犯事被抓了,我那时是不在乎这种说法的,对风水这个词是嗤之以鼻,最后房子我是租了下来,现在看来,或许这也是后来巨变的诱因。

除了公司电话,这一周也没有外人给我打电话,我想这世界一直在旋转着,像一个巨大的磨盘,抓不住就会被甩出去,我只能依靠业务才能抓住这个磨盘,也就是抓住这个世界,我每天早起去公司傍晚下班回家里,规律得像一个兼职的和尚,没有管青,我能保持这种单调和枯燥一定是对自己无力的愤怒。

53

我和这些业务员之间更像一种合作,我们之间只有业务探讨,什么公司文化,什么迟到早退,这些于我这种小公司都属于过度装修,会影响他们的发挥。那个叫李集的家伙说他最喜欢这种栏目,不喜欢流行风栏目,这些娱乐类的栏目广告需要哄骗,这是小女生的伎俩,不适合他这种庄重的人,政治类栏目正适合,他哈哈大笑着,感觉他已经找到了捕捞的诀窍,这是黑色的恐怖,可以建立起庙堂,可以居高临下。

他们翻看着厚厚的电话号码,四处打电话,如同甩向大海的无数鱼钩,每个鱼钩上都挂着诱惑,在电话里他们吹嘘栏目的关注度和影响力,这种渲染会让那些有钱有势的人把他们的目的融合到一起,算是相互利用,互惠共赢。

业务从开始就很顺利,我们也就开始涨价了,利润一直在增长,栏目创收高了,台里的领导们高兴了,辛铮高兴了,我高兴了,业务员们高兴了,那些上栏目的家伙们也高兴了,这是一个链条,一个大家都获益的事情,是个皆大欢喜的事情,我想象到了一条辫子,一个被甩来甩去的辫子,只要脑袋兴奋,辫子就会飞扬。

那天辛铮无意说出淡艾离婚了,我继续问细节时他就不再说了,等他走后我就拨打淡艾的电话,她始终没接,这时我正站在经十路上,看到一辆别克公务车从我身边开过,我一直喜欢这种车型,觉得世界上的大事应该在里面策划。

我继续拨打淡艾的电话,她接起来了声音低沉,"你有什么事吗?"

我说没什么事,"就是想请你吃晚饭"。

她说最近有事,"过些日子再说吧"。

"你有什么事,可以告诉我吗?"

"再说吧。"

她挂断电话了,我感觉突然掉进了一个黑洞,我始终没跟她在一个平台上,这唤起了我对自己的评价,我曾经在高中时觉得别人有终极秘密,他们都可以相互分享相互诉说,而我始终在他们的表层之外,如同这个世界上有片土地,他们有特殊的通行证可以自由进出,而我总是在外面。

济南的雨有时会又急又大,妈妈曾经说过她最喜欢下雨,因为雨大了,她就不用在农场里做农活了,妈妈的爸爸被命名为地主，于是妈妈的出身就是地主，她是地主的女儿，我是地主的外孙，若时代不变，她和我就会一直挂着政治标签了，这种标签就会让我们挑着重担，让我们在这世界永远气喘吁吁。

我其实是喜欢雨的，我不怕被浇湿，澡堂里不就是这样的淋浴吗，区别就是穿着衣服淋浴，回家换衣服就可以呀。

我又想到了管青，很久了，没有任何联系了，这已经有几个月了，估计冯小璋起作用了，她愤怒的眼神重重地砸在我的心头，我是有罪的，我是自找的，我是小矮子，我应该在雨地里行走，在雨水里惩罚自己，我其实也是在惩罚上帝，你竟然造出一个和管青不配套的我。

于是在大雨滂沱的街面上，一个面目不清的我在独行着，从电视台大院走向甸柳庄。

54

我就这样适应甚至开始喜欢孤独，梦里的我失去了重力浮在空中，时间开始黏稠起来，我缓缓地伸展着。

我需要女人了，管青已经破壳而出了，留下来一堆细碎，无论怎么做，壳不会复原了，我们都回不到过去了，对于淡艾，我没有那种感觉，淡艾应该更是如此，我对爱情完全失去自信，开始怀有一种恐惧，对于失恋的恐惧，这是第二次严重的失恋了，记得大学时候的初恋不想跟我继续的时候，我是有些精神兮兮的，表现就是注意力无法集中。

看看周围,我还没有喜欢的女孩,另外更重要的是我决心要找到比管青还要漂亮的女孩,我不是赌气,而是我有一种认识,或者误解,只有比管青还要美丽的女孩才能治愈我,才能刺激我,或者才能发动我,既然这样想,我就要像打麻将一样,要比以前做的牌大,但做大牌需要等待,等待这个词是面对未来,未来或许就是运气,运气是可遇不可求的,这一切对于当时的我是种绝望。

没想到的是我成功后,有一些非常出色的女人迷恋我,她们不在意我的身高形象,她们貌似看法全面,完全以成功论男人,记得其中有个说过,只有成功的男人才算是男人,我问她,那不成功的算是什么,她轻蔑地说那就是性别不清的人。

那天我坐在街边,像一个晒太阳的老头,我把自己想象成一个居住在闹市中的隐士,或者是酒肉穿肠过的和尚,这种想象支撑着我,让我觉得自己不凡,每天我都是一个人出一个人进,一个人吃一个人住,在灯光下在黑暗中,我都是一个人面对,过去似乎割裂了现在,现在也割裂了未来。

这天的济南突然冷了起来,房间没有暖气,我买了一个电暖器,这个东西温热着,我坐在边上蜷缩着,抱着书慢慢读着,在理解语句的同时渗进现实生活的细节,相互都是纷扰,我的思想像被抛在水泥地的乒乓球,不断弹跳着。

周倩给我打电话说需要见一面,她语气沉重,这让我有了想象,事情不顺吗?冯小璋要跟她分手吗?好奇和不祥的预感让我坐卧不安。

周倩的形象一直让我惊讶冯小璋会跟她在一起,我这业务没让他俩分手吧,若他俩分手了,这事就可笑了,当然也说明他们的爱情是经不起考验的,当然也算是我给管青最好的安排了,管青应该感谢我。这时我还有些烦恼,因为我似乎看到了冯小璋和管青亲吻的画面,虽然管青对我没有危险了。

如果冯小璋和周倩分手,周倩会鼓捣出什么意外吗?猛地一想,这事更加复杂,后果难测了。

在开车的路上,我就严谨地推敲着,像高中时代的数学课,想到这个类比,我就坐进了高中时代的数学课堂上,我们班数学最好的几人竟然都是女孩,这让我惭愧不已,估计某些地方的自卑就来自于那些数学题,在班我实在是个普通男孩,看到别人在老师同学眼里都是热点人物,我只能低垂着脑袋,像被牧羊人驱赶的羊,当然我也听到前桌的俩男同学聊天,一个说他是个寂寞的人,一个说他是个孤独的人,那时的感受我们是一样的。

按照现在的理智,其实人都应该经历一些寂寞或孤独的时光,这让人可以知道进退,有些人从小荣光,结果四十岁左右遭受磨难,这很普遍,几乎变成了定律。人生就像连在一起的山头,时而高峰时而谷底,一不小心就会跌落,所以年轻时经历低谷,到高峰时反而会小心翼翼,蹑手蹑脚,这样就会从容和冷静,不会制造额外事端,不会一脚踏空。

没想到周倩竟然穿了件鲜艳的外衣,脸上一如既往地严肃。我总喜欢客套一下,例如问候一下,这不是什么啰嗦和虚伪,这只是个习惯,建立在当年爸爸妈妈让我见生人就问好的礼节上。我说你好,她并不理睬我的问候,直接进入她的问题中,她的问题是她的领地,这个领地中她有她理解的世界,我只是她领地里的一个板块,只是拼接她需要的图案,我的回答让她可以编排她的世界。

"你要给我们钱了。"

"没到时间,我给你什么钱?"

"我们现在进展顺利,一切都在控制中了,我们等于提前完成任务了,你必须付款了,否则这游戏会变化。"

"什么变化?"

"你的目的就是摆脱管青,现在你已经摆脱了,没必要再继续那个时间表了,我必须考虑好怎么让小璋把握好节奏,否则会引火烧身。"

"怎么会引火烧身呢?"

"这管青进入状态太快了,她是个精神病,现在总是纠缠小璋,现在小璋有点被动了。"

望着她急切的目光和拉长的脸,我想象她年老时候的模样,然后又跳回眼前她的严厉,我俩是站在路边,过往的车辆和行人并不很多,但各种噪音和匆忙还是让我俩有些分神,性子急的我就开始焦躁起来,想从眼前的不安中逃出来,于是就觉得应该早点离开,在这种意向里我就认为她说的有道理了,其实这是我屈服了。

"好吧,我给你第二笔。"

她的五官距离猛地增大了,这是放松的样子。

我突然觉得不甘心,这样轻易地给她钱,显得我太简单太容易被占领了,我就开始沿着她的说法前行,想找到反悔的机会,问完后我又后悔了，因为我好像激发了她，像从悬崖边推了块石头下去。

"冯小璋被动了会怎样？"

"他会怎样？他会跟管青在一起，他会跟她结婚，我怎么办？我会让这些事都曝光。"

她的五官又重新紧缩，她的眼睛好像反射出更多的光芒，这是焦灼的神情。

"哦，好吧。"我不再说什么了，似乎看到了推下去的石头有意外的潜伏。

"你明天就要给我钱。"她眼光坚定和冷漠，然后转头就走干脆利落，突然我好像明白冯小璋为何喜欢她了，她是那种把事故踏进土里还可以用力踩几脚的人，性格软弱的人一定会在她这里找到支撑点。

少年的我有时候总是很犟，学术点就是逆反心理很强，总是要跟各种暗示各种说辞各种宣传反着做，有时候又顺从得很好，全凭心情，没什么规律，这是野兽时刻吧，不是理性是野性，是身体的冲动，仔细想一下，觉得柏格森的生命力或者叔本华的生命意志或者尼采的权力意志甚至弗洛伊德的性本能都是有道理的。

高中时代开始变化了，暗自喜欢女孩并可以控制自己，可以深藏不表达出来，这属于现实世界对野兽世界的征服。

管青就像一个病毒，她终于被我传递出去了，在回公司的路上我喘着大气，变得轻松起来，这么重的包袱终于被我甩掉了。

55

　　我从这一年多的细节里跳了出来，这些细节很多是环环相扣，每个细节的连接都是清晰可见，因果分明，但也有偶然的东西，我的理性是负责把这些细节扒拉出来，再编织反思，开拓创新。

　　栏目更火了，倒不是收视率增加了，而是创收火了，被采访的家伙们发现这是给自己贴金或讨好上级的最好办法，这变成一种叫卖，他们各种方式联系我们，栏目组的两个拍摄小组已经忙不过来了，我又张罗了两个拍摄小组，在高额的奖励下，四个小组快速转动，我就像坐在汽车里，四个轮子快速转动，钱像里程表不断地创新高，我手下的五个家伙，业务最好的竟然不是李集，但我相信最爱钱的是他，因为按照他的说法，老婆孩子是他的一切，他的一切需要钱才能获得幸福，幸福最贴近的是钱。

　　我见过他老婆和孩子，老婆是那种轻手轻脚小心说话的女人，是把一生托付给老公的女人，也能看出来她怕他，爱和怕有时候真是难解难分。

　　我将来会有老婆和孩子，那时候会怎么样，会有什么不同，这是一条想象的路，我没有往下走，否则我就会理解甚至同情，最后就表现软弱。

　　业务最好的是一个叫童国的家伙，这家伙闷闷的样子，他的业务量竟然是另外四人的总和，相应他的收入就非常高。

李集很急,似乎对项目也没什么理由去评说,明知道他的言论在童国的成绩压迫下缺乏力量,但每次挂断电话后,他就用那带有磁性的男低音咒骂着。所有人各忙各的,都不接他的话茬儿,包括我,每次声音传过来时我大都会离开办公室出去转一转,透透气。

我又搞了个办公室,两扇大玻璃门和办公隔断和玻璃隔出的房间亮光闪闪,在那个时代显得华贵,虽然现在看来都是稀松平常,我还买了辆红旗轿车,按照耳濡目染的电视台领导的模样装扮自己,那时自己的天空其实还只是济南的天,高度不高,深度不深,并没有真切看清世界的模样,至于国外人与人之间的平等,一战时人类的杀戮,人病弱时的无助,花花公子的快乐,这些都毫无场景感。

我只看到,只想到,眼前的现实的紧密的赚钱过程。

没想到这些轻松在第二天发生了变异,事情如同饥饿的人吃饱了,然后就生出新的花样。辛铮跟我约在咖啡馆,这小子年龄不大有点谢顶,按照我那时的智力高度分析,要么性欲过度要么算计过度,反正我觉得他比我老,虽然据他说比我小五岁。他总是一本正经,这一本正经还带着点凶恶,我多少有点怵头,比较而言,我就笑眯眯地,感觉只有这样才会招财进宝。

他喝了口茶然后低着头吐着茶叶,他说现在栏目很火,但要小心,有人抱怨咱们搞有偿新闻,反映到台长那里了。

我的想象马上捕捉四楼办公区最里面的办公室和台长的表情,因为我从没有进去过,这算是一种艺术创作。

"那没事吧?"

"也不能说没事，不过台长说还是要尽量满足客户的需求，尽量化解争议，你要管好你的手下，注意别犯错，否则咱们的合作就终止。"

这一刻说话的他是严厉的神色，这应该也是他对属下的经常性表情。

这种严厉也唤起了我对语文老师的记忆，他就是一副严厉的模样，搞不清这老师是被生活折磨后选择的自我保护，还是天生骨架肉皮所致，反正这种脸色应该是他的保护色，像土匪般恶狠狠，估计每个打交道的人都会小心翼翼不敢惹他，为此私下里我们都喊他黄老邪，他其实名叫黄文勤，一个文雅的称呼，能看出这人自己的愿望或长辈的寄托，反正不做普通人，他倚靠着讲台头倾斜着，双眼透过低垂的眼镜上沿望向我们，整个造型像斜放在讲台的拐棍。说起这老家伙，最让人惊恐的是竟然娶了个小三十多岁的女学生，并且这女学生还脱俗般地清秀，这真是天理不容了，那时年少的我竟也垂涎欲滴，切换到学校里甚至社会里各级领导干部的心里，应该他们是悲愤交加了，反正事情就这样发生了，反正那女孩考上了大学，然后毕业嫁给了他，这种结果被纳入了正常轨道，进入了常理中或者天理中，就如同孙悟空大闹了天宫，非但没有报应，上天竟然还封了个官给他，这就是不公正的人生。本来我还想看这不俗男女的下场，想爱情会像骗局式的展开和覆灭，没想到老先生早早挂了，爱情就继续扮演爱情，老先生就可以号称不伦之恋了，按照天理的逻辑展开情节的我就不知道怎么收场了，但我不会被灵魂命运这类词所欺骗，我会生物化学式地归因于这黄老师技术手段高超，就像奥运冠军可以突破极限。

我本来可以不这样评价他,或许是当年他待我不好,反过来若他当年待我很好,现在坐在酒吧的我会怎样评价他呢,我进入一种迷惑。

"哦。"

我努力和缓下来,不能让辛铮的装模作样激发自己的情绪。

"现在台里也难,既要搞创收又要完成宣传任务,这两种目标不能有交叉,的确太难了。"

我这时想到那个婊子和牌坊的说法,但不能这样说,否则眼前的这家伙毛愣起来了,就尴尬了。于是我就放弃比方了,虽然显得语言干瘪无聊一点,但可靠,不会刺激他。

这个世界就是复杂,复杂在于每个构成因素都在发挥着自己,都在寻找自己的自由,他和我卷入更深的套子里。

56

上次我回家乡和野草和大楼一起拍照,那是曾经的中学校园,三横一竖的布局,三横是一栋东西走向的楼和两条长长的平房,一竖是一栋南北走向的楼,我的初中高中时光就耗散在这三加一里面,那么多年进进出出的世界很小,欢笑一直弥漫在一生中,那时的笑是空白无知肤浅的,却是渗透的,悠远的,我此刻眼前浮现一头在冬日里大口喘息的牛,白气扩散着。

无法想象的是，我们的中学校园先扩建，然后又废弃，现在是一座没有学生和老师的校园，应该算是死去的校园了，因为它已经不能被称作校园，而是被称作几栋楼了，如同老师们都还健在，他们退休了，只能被称作老头老太太了。

我一直想有一个新的开始，我其实是厌倦高中生活的，我要上大学，在一座新的城市，一个旧人都没有，全是新人，谁也不知道我，我可以重新做自己。

算是带着辛铮的最高指示，我召集大家开会，我看干财务的宁萍缩手缩脚走过来，她或许是不自信的。

就在会议室里，我面带微笑对他们说不要勉强做业务，遇到争议要尽量化解。遇到情绪激烈的客户要让着对方，要大事化小小事化了，我说话时眼光并不停留，只是扫来扫去，尤其到李集那里，我会快速掠过，尽管这样，他还是说话了。

"怎么这么没有原则做事呢，我们代表电视台，做的是正大光明的事，为什么搞得偷偷摸摸，若这样心虚，会让那些领导们觉得我们是有问题的，是软弱可欺的。"

我望向他，尽量保持微笑，我不分析不综合不归纳不推理，只是说电视台领导就这样指示的，咱们还是听话吧，别惹事了。

他嘟嘟囔囔摇着头，眼睛不再看我，其他人有的眼光呆滞，有的紧盯某处，有的缓缓转动，我知道他们各有各的一团想法，当他们这样纷乱时，就很难团结起来，就不会群起质疑我，其实我并没有被推翻的经历，我似乎有莫名的恐惧，这种恐惧是来自于历史书上篡权的事件，自从赵匡胤夺权后，整个大宋朝就是这样战战兢兢，其实现代社会的登记制度已经保证我的安全了，我的确是多虑了。

今年的济南很冷,下雪了,结冰了,所有的表面都变得死气沉沉,二十八岁的我发觉时光在慢慢流淌,像黏稠的糖浆,衰老死亡是无法想象的,一切都还漫长。

我给爸妈汇了很多钱,还说你们搬到济南跟我一起住吧,他们就说弟弟妹妹的一些事,说再等几年,他们在电话里说你应该抓紧找个女朋友了,你要娶媳妇呀,别一辈子打光棍,别跟你舅舅一样。

我不知道为何见女孩没有兴奋,总是平淡的感觉,不像现在,对女孩总是可以发现她们与众不同,性欲真是好东西,它真可以驱动人之间亲密,当然也驱动人之间仇恨,这让人间有潮汐。

57

那天真不同,无法想到那是人生的悬崖峭壁,就在电视台的电梯里,我遇到了夏郑街,很怪异的名字,她是新闻频道的女主持人,是家喻户晓的著名人物,她个子应该跟我差不多,长得应该属于艳丽的那种,而不是端庄清丽的。我第一次与她近距离接触,她散发着香气,表情平静,眼睛闪亮,似乎还含着笑,自信像光芒一样闪耀在脸上,我突然被激发了,若是跟这女孩在一起,那毕生一切的遗憾应该都消散了吧。

我早就发现一个规律,那就是帅哥和美女的组合,平俗面目的男女组合，丑男丑女的组合，这是大街上呈现的基本样态，很少有例外，我有时会哀叹那些长相猥琐的人，他们只能对着那帅气和美丽暗自吞下口水，他们真是不幸，这就是世界不公平的最好证明了，至于自己呢，我始终认为我可以得到一流的美女，后来我也得到了，这当然可以说是人间不公平的最好证明了。老婆曾经说我，真是无敌的自信，还自问怎么被我迷住了，还反复问我的自信怎么来的，我也奇怪这个问题，但我就是成功了，那就说明我这属于正常判断，而周围的人都错了。

我对夏郑街笑了笑，她有点仓促，当然她也笑了，按照我现在的认识，她只是主持人特有的应付自如，但我当时不这样认为，我真认为她的笑别有信号，像《三笑》里面的唐伯虎，我一厢情愿地认为她发现我的特别了，我的心跳开始加速，我立时觉得自己爱上她了，她的美丽和魅力和地位将所有我喜欢的女人们都战胜了，我就像破壳而出的鸡仔，我伸长着脖颈进入了新的世界，她出了电梯，我呆呆地看着她的背身，长长的脖颈，细细的腰。

夏郑街，我应该走进去，我开始哼唱那首《忠孝东路》走九遍。

我本来是找辛铮谈，见他正忙，这样灵机一动，就跟辛铮手下的编辑胡扯，我竟然忘记那个新闻栏目的名字，我的记忆力不好，后来总结自己是短时记忆力不好，而不是长时记忆力不好，下围棋的武宫正树的短时记忆力也不好，但计算能力强，然后问那个新闻栏目的名字，

"哦，是热点新闻，是夏郑街主持。"

"制片人是谁？"

"就是她本人。"

编辑说完后就盯着我的眼睛,似乎想问我什么目的,我连忙说台里真是人才济济人才济济呀。

我有一种感觉,那就是未来在膨胀着,就像宇宙膨胀一样,我经历的事件不是在想象中的轨道中前行,而是在各种奇迹中涌现。

我马上就要去找她,要谈合作,我需要一个撑竿,这个撑竿会让我轻松地落到她的台子上,像一个撑竿跳的运动员。

谁可以做这个撑竿呢,淡艾肯定不行,本来栏目广告就做得忙碌,再找别的栏目合作,她一定不爽,何况女人的直觉,或许一下子就会抓住我的色欲。

辛铮也不行,他一方面是淡艾的师弟,肯定会传话到淡艾那里,木宁呢,估计他会看出我的目的,还有谁呢,其他人地位太低,根本不能和夏郑街平等对话,我坐在齐鲁国际大厦的大堂里,透过高大的落地玻璃望向天空,天空很蓝,似乎纯净,我看不透望不穿,因为纯净后面还是纯净。

这个问题困住了我,我就反复想着,像高中时代费力地在题目中寻找入口,晚上在甸柳庄的家里,我横躺在沙发上,在黑暗里我努力分辨着,想跳出眼前,跳进宽广湍急的河流。

58

我是上午十点多醒的,那个问题被我戳穿了,我找到办法了,当然就是卸掉了一个约束条件,就像我拆掉了自行车后座一样,不影响我骑车,我找那狐狸木宁,就说一家西服公司想冠名热点新闻,我达到目的就行,不管狐狸想什么了。

后来我发现很多商机的利用也是来自于各种观念的困扰,当舍弃这些观念时就多了一些成功机会,当然社会道德认定这是不要脸了。

我见木宁主任时应该还是那次停播,我跟高奕有了合作后,我们的关系其实是密切了,彼此心照不宣,但表面还是有点距离,应酬之后,当我说出这理由时,没想到他说这栏目不缺钱。

"嗯,还有这种情况?"我惊讶地顿了一下,然后又说,"还有嫌钱多的栏目吗?"

"哦,也对。"木宁或许被繁杂的事务遮住了敏锐,反正他拨起电话,笑嘻嘻地对着电话说夏姐,"我给你找到大客户了,一会儿有人去找你"。

他瞪大眼睛看着我,我一定是吃惊了,后来想想,这只是他打电话时无意识的动作。

"怎么叫夏姐?"

"哦,我们都喊她夏姐,你也叫她夏姐。"

"为什么?"

"不为什么,她受人尊敬呀。"

我似乎一下子掉入了一个新的世界,这新世界有新的玩法,那就是受人尊敬的人应该做长辈。

"她受人尊敬?"

"当然,你不懂很正常。"

我想到数理统计这门课了，里面有大量的经验公式，当年老师就说你们背下来就行，不用去问怎么推导出来的。

我朦朦胧胧地走在街上，忘记是否跟木宁说谢谢和再见了。

难道真是她有能力有才干就受人尊敬吗，我那时毕竟年轻阅历浅，容易偏听偏信，我有点疑心自己的智力了。

做广告的人有个特点，见谁都是一副谦恭的神情，面目全是笑，故作文化，带点真诚，带点傻气，带点卑微，我就是这样的表现，但对夏郑街我不能这样，低三下四可不是找女朋友的正确姿态。

没想到夏郑街有自己独立的办公室，当栏目组的人指着那间办公室时，我的心突突地敲击起来，有点儿后悔了，这爱情天平的另一边是座山，是我无法撬动的，看着那伸着手指的热心人，我似乎没什么退路了，另外就是我迅速又升腾了一种勇气，这勇气有性欲的冲击，有好奇心的推动，有对平淡生活的挑战，还有不甘心的自我意志。

反正我是敲响了门，听到了里面发出的进来声，我进去了，夏郑街坐在办公桌后，她应该是头扬了两次，一次是对来人的辨识，第二次是对我的惊讶，这是个连续的动作，然后就是淡淡的惊奇和微笑：

"你找我吗？"

"哦，哦，我想问你们栏目还需要特约赞助公司吗？"这些话本来前面有一些过渡和姿势的，但紧张之下我木呆呆地直接进入了理由。

"哦，当然当然需要了，哦，我知道了，是木主任让你找我吧。"

"哦,哦,是的。"我竟然忘记这最重要的衔接了。

我俩开始聊起来了,她一直淡淡地笑着,我一直很紧张,在这过程中我想还是放弃爱情了,我还是将业务的说法往具体上搞吧,于是我说蝴蝶品牌准备投放巨额广告。

夏郑街一直很认真地听着说着,她似乎还表现出对我的兴趣,她问我公司的情况,她甚至还问我是哪里人,有什么兄弟姐妹。

她很会聊天,总是有不间断的话题,在聊天的过程中,我却一直想中断这不舒服的状态,既然不会有爱情,她就跟街头巷尾的陌生女孩没有区别了,说多和做多就是影响效率的事了,语言的热度稍稍见凉时,我就说:"唉,真不好意思,我跟人有约,已经晚了半小时了,真抱歉了"。

离开她后我就叹息不已,唉,可望而不可即,望尘莫及,癞蛤蟆想吃天鹅肉。

学生时代会做一些和目的无关的事,还会天马行空想象做一个飞溅的浪花,但现在不会了,每天都要活出效率,我真是累了,我最后的浪漫都死在管青那里了,每次喘息都应该是功利。

59

第二次夏郑街见我是当天晚上,是她给我打的电话,她是问我业务的一个细节,在问完后我灵魂出窍似的问她在干吗呢?她说正等人约吃饭呢，我就说那我约你可以吗？她说那你太荣幸了，本宫准了。那一刻我在电话的这头真是惊住了。

然后我俩一起去山大路的老转村火锅，她说这类东西她还真是很少吃，"年轻真好。"这话听起来怪怪的，就像看到地上的纸团，展开后却发现里面有硬币一样。

她的谜一直在增多。

我问她，"你怎么把一条街道的名字搬到自己的名下了？"

她说："这不好吗？"

我说："谈不上不好，就觉得这太不像人名了。"

"你的名字不也很怪吗，像个叛逃到中国的日本人。"她笑起来了。

她看着我，然后慢慢地说："其实我妈姓郑，我是在大街上生产的，然后就纪念一下吧。"她继续笑着，

我脑中出现了一条熙攘的大街，一个号叫的女人在生娃，娃娃像大便一样顺势而下，这像大便顺溜的东西竟然出落成个美女，想到这儿我就大笑了。

"你笑什么？"她那一刻眼神锐利，她看懂我的过度反应了。

"我在笑你这属于土生土长的街女。"我当然不能说大便成美女了，我那一刻反应真快，当然主要还是围绕那想象本身而来，对事实的轻微扭曲是最难辨别的谎言，记得这是某部侦探片的经典语录。

"啊，呸，什么是街女。"她把餐巾纸抓成团扔向我，纸在空中张开了，掉入了我的调料碗里，她哈哈大笑，那一刻她像个摇动的蒲扇。

我始终没叫过她夏姐,她一定比我小,我怎么可能喊一个比我小的女孩叫姐呢,另外最关键的是,我不想跟她走到姐弟的羊肠小道上。

我发现她从来不接电话,她的电话永远是静音,有一段时间电话荧屏不断闪亮,我知道这世界的某个角落的某个人一定是在坚持不懈地拨打着,或许还在咒骂着。

她打电话时一定会站起,然后走到外面。

我知道电话里面应该有她不愿意让我知道的东西,在她离开的时候,我就开始想象那东西是什么,或许是玉皇大帝或许是武大郎或许是英勇威武,或许是一条蜿蜒曲折缓慢的小溪。

就在她接电话离开的时候,有个人走过来问我这是电视台的女主持人夏郑街吗,我说是的,他哦了一声走开了,走向洗手间。

她回来后是一副庄重的神情,她什么也没说,那一刻我不知道说什么,就边涮边吃。

她有一刻直勾勾地盯着我,像要从我这里发现什么,我问她你为何这样看我,我头上没长角吧?她说我要看你身上有什么密码。

我其实很不解,漂亮女孩是很难追到的,像这么万里挑一的女孩怎么可能这么容易靠近,出色的男孩也不能百战百胜,何况是我呢。

后来才知道,她只是在最需要搭腿搭脚的时刻,我出现了,可以让她休憩一刻,让她在想象的天空中飘浮,真是完全的巧合。我完完全全虚构了自己的魅力,当然也完完全全虚构了她的庄重。

第三次,也就是第二次的两天后,又是她给我打的电话,她问我,你晚上有空吗?可以请我去一家有情调的地方。我本来是晚上请一家酒厂副总喝酒,在酒桌上我就说对不起对不起,台长要见我,估计有新的任命,我估计要飞黄腾达了,那副总当然是半信半疑,但看到满桌子的男女,另外里面有容颜不错的女孩,他也就不勉强我,当然为了表明我的诚意和安抚他的不满,我还是喝了两大杯白酒,然后匆匆走开。

等我到达时,夏郑街已经坐在那里了,她抬头看了我一眼又回到她的低头状态了。

"你喝酒了。"

"嗯,没办法。"我在详说着细节,她什么也不说。

在常春藤咖啡堡里她一直用笔在画着,无目的地画着,笔和纸相互摩擦着,然后就生产出某种图,这期间她什么也不说,没有任何表情,我说了几句也没有她的任何应答,我也就不知说什么了,我就跟她一样望着笔尖,看着笔尖和纸相互摩擦后产生的痕迹,这痕迹可以称作图案,我一刹那感觉这图案应该不是脑子生产的,而是笔和纸,我想起一个比方,婴儿是男女受精卵产生的,也就是男女互动产生的,现在想来我真是不够聪明,我应该受此启发,这图案应该也是男女互动产生的,那男人不是我。

后来她对着服务员说买单,我就准备掏腰包了,她说她请我,可以报销,不用客气。

她说咱俩出去走走吧,我们就从泉城路开始,一直走到了青年东路,走向电视台宿舍,她仍然什么都不说,我问她你不可以告诉我发生什么了吗?她只是摇头,我似乎看不到她的眼神,我试图说了几次,但我的确不善言辞,我说说断断,像明灭反复的蜡烛，我甚至还给她讲了几个笑话，最后的结果都是我在哈哈大笑，而她只是微笑。

我记得问过她你这么漂亮还这么引人注目，追求者应该无数吧，你应该是天下最幸福的女孩了。她说不是的不是的，其实没有人追我，没有人搭理我。我问她为什么？她什么都不说，只是低头走路，然后话题就断了，我牵不起头了，像在夜路上断的绳子，太黑了，真捡不起来了，我在这问答中好奇着，我继续虚构着，按照我的小学初中高中大学的水平。

这是个漫长的夜晚，我跟她走着，后来无数个梦里，我都会走入那个夜晚，那条路上。

60

我请她看电影了，记得高中时语文老师就总结出作文的写作技巧，怎么写才能看起来像好文章，怎么才能获得高分。做事是有技巧的，我也谈过几次恋爱了，应该抓住窍门了吧。

在幕布的光影反射下我可以看到她的手就搭在扶手上，颜色在跳动着，而我的手就闲挂在胳膊上，我的心抖动了一下，拉了她的手，她竟然表情没变，我就继续拉着，一起进入电影里的故事。

她的眼睛发出光亮，我能从这光亮中看到那聚集的真实和热情，我觉得真爱上她了，完全超越管青了。

简直太不真实了，怎么这么容易得手，有时甚至觉得是她在主动，怎么可能是这样，她这么年轻，这么漂亮，这么大的名气，这么多的尊崇，我毕竟是个普通人，是管青都看不上的呀，怎么会这样呢？

我那时归结为我的运气我的特殊，甚至还想我其实就是携带着天涯海角的风，她不小心迷醉其中。

名叫查雅妮的热水器女孩在我这里一直在走账，我也就跟着分了些钱，她每次来我这里都是匆匆，盖章拿支票取支票，所有事情都在她控制中，她不多说什么，还是那种嗲样，不过每次来都给财务宁萍带点礼物。

淡艾给我打电话说晚上一起坐坐有事跟我说。

自从那次电话已经很久了，我俩始终保持某段距离，似乎像怕追尾的车，我俩在台里也见过，她一直淡淡地笑，各种工作配合她一直很尽力，我知道她是信任我的，也是对我好的，我们既然曾经一起爬上兴奋的峰顶，我们曾经将一切相互展示，那时我们的心是没有距离的。

她一见我就问："你跟夏郑街好了吗？"

我似乎看出她汩汩的情绪了，就说谈不上好了，就是接触吧。

"你知道她是谁的女人吗？"

"什么？"我猛地心惊，脸色应该变了，像我以前看到的别人脸变一样。

"果真是这样，你这傻孩子。"

"谁的？"

"一位大人物的，是可以随时活埋你的首长。"

"到底是谁？"

"傻孩子，你知道有用吗？你还想要未来吗？"

她最终还是没告诉我那位首长是谁，当时的我陷在迷雾般恐怖中，或者说就是黑暗中的迷雾里，眼前一个巨大的黑影，我喊不出声音，我挪不动腿，然后我被抓起，抛向虚空，我在下坠，深海里，黑暗里，没有尽头的，无法复返的。

我已经不记得淡艾是怎么离开的，我应该是被吓着了，或是晕倒在故事里了，我是在酒吧关门时才走的，我一直在发呆，服务员走过来说，"先生我们要关门了"。他连说了两遍，我都听懂了，然后我站起来就走。

"您还没结账呢。"

我望着他们几个服务员都在各自的动作里停顿下来望着我，真是很奇怪。

"哦。"我四处摸卡，找到了，就在屁股口袋里，已经被折出了痕迹。

我这次不敢从体育中心走回甸柳庄了，我打了辆车，司机跟我不说话，只是不断地从后视镜打量我。

61

我认识很多人，很多人也认识我，我和他们各自独立，却又相拥取暖。

窗外的雪加厚了，我只是看了一眼，因为我没看出什么美丽，没让我有什么惊叹的地方，我把自己缩紧在被子里，里面造成了暖洋洋的感受，在这种感受里，我觉得人生的幸福无非如此。

我还想这淡艾是否在嫉妒中，她把世外桃源说成了恐怖魔窟。

我还想晚上我的表现，应该是服务员发现我的眼睛还在转动，然后断定我还活着。

我还想我这一生似乎都在雨里，家境是小雨，学生时代是大雨，大学时代是细雨，这几年似乎我是艳阳高照，但仍然湿气不干，没想到这次我又进入爱情的瓢泼大雨里了。

我竟然造出个庄重的感觉笼罩在她身上，我是个蠢东西。

生活中有很多细节，无论是交电费还是加油洗车，或者买菜打酱油甚至拉屎撒尿，这都需要时间，这些时间填充了全天。

不知道我是否清亮如以往，反正往下的一周我沉浸在工作里，就是各种细节里，我发现工作的细节可以无限多，可以深入进去，也可以忽略不计，很多事我不理睬，它会自行解决，很多事我过多干预，它也会自由前行，还有很多事因为我的加入，它变得顺畅然后消失，我的参与是有作用的，只是这些作用和结果未必是我希望的。

这期间夏郑街给我打过两次电话，我都没接，她没坚持，然后就没了，就开始沉寂，这让我坐卧不宁，我一直想着她，几乎每时每刻，若没有这事，我会这样想她吗？我在不断地创造一些问题，然后自行解答。

我有时会跳到她的角色来判断我，逃掉的我，蒸发的我，混蛋的我，精神病的我，这时我的罪恶感或责任感或爱情或良心就跳了出来，以各种说法来对抗那恐怖的想象，恐怖太强大了，我还是退缩了，或者是暂时退缩了。

但我俩还是相遇了，不是在电视台院里，不是在齐鲁国际大厦，而是在银座商场一楼的化妆品柜台，我是要去楼下的超市，而她应该正寻找什么，我俩正对着看到了彼此，太突然了，那一刹那，眼神望穿了眼神，我有种错觉，这银座商城一定比我的家小，因为我在家看不到她，而在银座商城却可以看到她。

这是关门前的半小时，这不是逛街的开始，而是逛街的结束，我和她应该是惯性地说和笑。

"你干吗呢？"

她回答了什么，我根本没听到，只看她的眼睛，我们走近彼此。

她问我现在干吗去？

我竟然说没事。

她说那咱俩去边上索菲特的顶层吧，那里有个安静的酒吧。

所有的灯火穿过寒冷，穿过城市，汇聚成白色射向远方，我俩就在高处俯视着，我的心是黑暗的，她眼光的明亮照射进来。

我想到了高考时刻，拿到试卷那一刻是紧张的，然后努力平静下来，在答题的时候也是胡思乱想，那时发现自己有两个脑袋，一个是试题逻辑，一个是各种事件浮现，甚至有一次临近交卷时，浑身上下很紧张，感觉要爆炸了。

其实在上楼等电梯坐电梯见服务员时，我俩说话很多，但都是嘴边的话，没有触碰神经，而下面就不同了，

"你最近没事吧？"

"没事。"

这句对话拦住了彼此的情感,突然进入了暂停。

通常爱恋中的人是无法停下来的,他们必须将刚刚盛开的爱情走到底,就是把爱情磨到无滋无味,也可以说是磨到死。

她没再问什么,我俩只是聊天,她说小时候有趣或无趣的事,我就应和着搭着腔。

我没再起什么触动激情的话头,我俩就像一战后期英法联军和德国的厌战,处于战争的相持阶段,都窝在各自的坑道里,我不想攻击,她也不想突破。

分别是在电梯里,她的车在地下停车场,我的车在街道上,她按的是停车场 P 层,我按的是大堂 M 层。

62

炒股票的时候发现一个规律,我还把这个规律用到了人间,那就是所有的高潮进入巨大衰退期后都会有一个反弹,也就是小高潮,用在这个事件上就是我俩曾经进入爱情的高潮,消退后我俩还要有个小反弹,那就是爱情回光返照,我那时暗想,我俩或许是例外,因为我已经吓破胆了,而她应该也绝望了。

已经两周了,我们谁也不联系谁,我俩应该彻底断了,这个规律失效了。

我妈妈说我从小就不听话,大了也不听话,结果就是同学老师都不喜欢,就起不到模范带头作用,就做不了班干部,但在我的理解里,自己还是比较听话的,因为我还是做到了好好学习,性方面还很传统,说明我大事上还是很听话的,只是小事上不听话。

当年离职下海,完全是教师身份和志向相逆,我觉得自己是正确的,这才算大事上不听话了,但在小事上我开始听话了,因为我注意细节了。

就在这次偶遇的两周后,一个和平时一样的无聊半夜,我突然大彻大悟了,"这明明是个无聊的人生,荒谬的人生,独此一次的自我意识,我偏偏傻逼地畏手畏脚,傻逼地追求什么自我价值社会价值。"

"妈的就这么几十年,活埋就活埋吧,死就死吧,总这样随波飘摇还不如一跃而起,我和夏郑街的爱情就这样完蛋了吗?我就被这世界操纵吗?我就这样认输投降了吗?我还有什么自由?"

这种爆发,以现在观念看,真是青春无敌,是值得和占有一个幸福人生的。

而现在呢,渐老的我却怕死,这真是腐朽,是值得猝死的。

当时的我很激动,当即就拨打电话,我并没有想好说什么,电话通了,没人接,她的电话是静音的,或许她也睡了,不接很正常,我告诉自己。

黑暗中的我倚靠着床,想象寺院里打坐的和尚,古树干枝上孤零零的鸟,还有湖边摇晃的芦苇,在这漆黑的夜里,此刻他们都是怎样,能想到他们,这是我和他们的缘分吗?

还有古城墙，还有传说，这些都是时光流逝的痕迹，我就在这些痕迹的描绘中睡着。

第二天上午，我又打了她的电话，还是没有接通，我知道她应该看到了，但她不想回话，她要接电话呀，这样她才知道我的想法变了呀，于是我又发短信：

"我漂过大海，我走过沙漠，我知道公元前的故事，我知道了世界的规矩，我想知道你。"

还是没有回话，我就沉浸在这话语里，注意力和情绪就游离在身体外，在大学时失过恋，那时就行尸走肉般上课吃饭睡觉，现在又是同样的重复，我就按照基本的算计应付着，工作生活都是继续，我有了更多的同情，有了更多的怜惜，我对事务的处理开始偏软，不会斩钉截铁了。

现在想想那几天的世界应该是跨越了我，我是留在原地的，我对周围是没有触摸的。

63

应该是五天后，也是深夜，我一直紧抓着手机，因此当第一遍铃声响起时我就按通了，是夏郑街。

"啊，你怎么这么快接，吓我一跳。"

"哦，我一直等你的电话。"

"你干吗呢？"

"我在等你。"

"咱俩去酒吧。"

"好,马上出发。"

一直自认是个有毅力的人,证明就是我可以长跑,还可以坚持不懈地学习,还可以在两次电话一次短信后不再给夏郑街打电话发短信,但这个深夜的电话却让我袒露心情,堡垒全失,夏郑街完全攻陷了我,我再也坚持不住了。

酒吧制造的是黄昏的感觉,四处都是阴影,音乐和酒精在浸泡着我的血肉,她淡淡地笑着。

"你真是个孩子。"

我应该是举动颤抖的,她的话刺激了我,不认输的心底冲动又浮现了,我镇定下来。

"你这几天怎么不接我电话呢?"

"你好像没怎么给我打电话吧。"

"两次,还有一次短信。"

"哦,好像是,不过不多。"

她继续笑着,昏黄的灯光下,她的五官整体呈现华美,如同大江大河般地分明。

我俩一直聊着,没想到的是她最后说:

"几天前一家公司用货顶广告费,你能想象用什么吗?"

"什么东西?"

"避孕套,哈哈哈哈。"

"啊,这东西也能顶?"

我的心撞击起来,觉得她在暗示我什么,这是索菲特大酒店的顶层，我有自己的节奏，夏郑街的节奏并没有影响我，这样看来我在爱情上是笨拙的，通常要互动，要按照对方明确的信号来进行，但我就是笨，当时的我就是没想到应该在楼下开房。

我曾经认识的一个妓女是气质高雅的，若走在街头，她一定是众生仰慕的女神，但她就是妓女，就是个收钱后马上脱衣的妓女，我曾经好奇地问她，若是大街上有男人勾搭她，她会怎么办。她说不理。我问为何？她说不喜欢这种男人。接着她说经常有人在街头上管她要电话，然后就各种约她吃饭看电影看音乐会之类的活动，她觉得太麻烦了，就从没继续关系。我又问那男人若直接给她钱，她会跟他直接做爱吗？她说若是这种相识的方式这么做，太奇怪了，应该不会的。

妓女也是一种工作，她不工作的时候也是自尊自重自爱的。

后来我对高雅产生了怀疑，这是个气质问题，也就是个表现，和她真实的心理没有直接关系，表现和心理是不一致的，若认为一致，那是观赏者的艺术创作。

那夜我和夏郑街聊得很多，说她说我说事件说岁月，然后各开各车各回各家。

我俩谁也没提失联的那几天，那本来是形同陌生人的翻转，却奠基了爱情。那个避孕套的语音一直在回家的路上环绕着，我想天亮以后一定约她到我的房子里，一定让它发挥作用。

那段时间每一天都很漫长，事情慢慢地处理，结果慢慢地涌现，每一天都在生根发芽，每一天都有花开花谢，有时候真是不用急躁，但有时候又需要快马加鞭，这既是理智也是智慧。

就在第二天晚上，夏郑街来到了我的家，她说你表面正常，没想到你是个怪人，这是你的家吗？

"是的，怎么了？"

"这是装修过的吗？"

我明白她的意思了，我的房子和我的心是一样的，简单至上，我的两室一厅里刷满了水泥，上下左右前后都是粉刷灰色水泥，每个房间的灯都是吊线的灯泡，两个卧室一个摆了床另一个中间放了一个单人小沙发，储藏室挂着衣服，客厅四面全是用来放书的木头架子，原木，没油漆，二百多本书不整齐地东倒西歪，中间还有台电视，然后就是木头桌子木头椅子，只是厨房复杂些，器具齐全。冰箱微波炉洗碗机咖啡机应有尽有。

当时做装修的工人还说这是他见过最便宜的做法，装修完之后仍然可以属于毛坯房。

转了一圈后，夏郑街说只有进厨房和卫生间才知道你属于哪个时代。

但我真是很舒服，房内有暖气有空调，还有加湿器也有除湿器，看书可以坐椅子，舒服点就是沙发，再舒服点就是床，最舒服就是睡觉了，每种舒服都是简单明了，没有难以区别的过渡阶段。一个简单的生活才会生出自由的心。

夏郑街带来了栏目发的避孕套，我们配合着把这橡胶膜搞得吹弹有致。她说了一句，这东西让你撑得完全透明了。

我说这透明的东西将你我领进了天堂。我还说你愿意嫁给我吗？她说好呀。我俩都是笑着说的，我其实没想到她会这么快速回答，这种快速给我的感受是朋友间的应付，我于是就没在这个话题上彷徨。

每个人都在回忆着过去，说到过去的时候就会有美好，其实过去很无聊，此刻多无聊就知道过去多无聊了，因为记忆力不好，所以觉得过去完美无缺，即便在做爱期间，心思偶尔也是分散的，我竟然想到了管青，然后想到了冯小璋，还想到了与他们毫无关联的女同学，还有高中时候的校工，那张满脸污浊又总是嘴眼扭曲的壮年男，他奔跑着追我们，追上后责骂我们爬铁栅栏。

我和夏郑街是在上午十点的时候依次醒来，我俩又检验了一下栏目发的礼品质量，单位的福利让她不断地快乐呻吟，我再一次用栏目的福利享受她。

我曾经怀疑过这个细节，客户怎么能用避孕套顶广告费，栏目组再把避孕套当作福利发给个人，有点雷人了，是否这是她换种说法，用来加快我的节奏？

64

在上班的路上就接到了胡京端的电话，他嘘寒问暖，我俩有段时间没联系了，他说："你小子做大了牛逼了，你应该请我吃饭。"

"那是当然，随时随地请。"

"妈的，那是你随时随地大小便吧。"

我俩在相互骂骂咧咧中定下了饭局，他是坐飞机过来的，我开车去遥墙机场接到了他，当然他是有事找我的，这种外资公司的人其实很忙，做事是极其讲究效率的，事情是几个中方管理人员想弄点钱出来打点各种关口，需要走账，需要现金，他需要我帮忙，他说了句可以调动我所有猜疑和想象的话：

"虽然你不是个可靠的人，但目前你他妈的最可靠。"

我想随你说了，能合作说明就是最亲密的。

后来我还是觉得不对，因为骂骂咧咧固然可以拉近距离，但在某个细微的心思里也会有受辱的感觉，有说不清的不舒服感觉，我想他或许也会有，因为他根本不给我走账补偿，太小气了，我拿不准了，当然或许我是多疑，因为当晚的夜总会里我俩搂着脖子继续声嘶力吼那《朋友一生一起走》的歌。

世界变了，管青现在已经不是胡京端的必经之路了，我已经走出来了，是业务也是夏郑街，这两者共同赶走了管青。

突然发现那段时间我是活在一个狭窄的世界里，那段时间只有工作和爱情，没有悠闲，没有情趣，不知道仪式，不知道山川河流的壮丽，更不知道牙刷每条线对每颗牙齿的深耕细作。

几乎每个人都如此，甚至很多人一生只活在一个眼界里，我那时认为这完全适用管青。

当夏郑街告诉我晚上有事时，我就想去找谁玩呢，我想起了栗共晨，我俩很长时间没联系了。

朋友是那些总跟你同步的人，当我无聊时，他也正闲呆，栗共晨就是这样的朋友，果真他在电话里说，"正巧，他妈的正闲着呢"。

他已经是华伟公司山东办事处的技术总监了，背个装着笔记本电脑的黑皮包，行色匆匆的样子，若在二十年前，就像某部电影里的特务。

我一直认为他是个情商低下的人，这次更加坚定了我的认识，因为他给我讲了一个好笑的故事，而我认为这是个心碎的事件。

他说女朋友前几天等电车的时候有个男人搭讪她，然后跟她聊天要电话，她竟然给那男人了，女朋友告诉他了，这事很搞笑吧。

我说你也算是年过百万的高管了，怎么这么愚蠢，这怎么是搞笑，这么想事情会搞死你的。

他当时脸就拉下来了，说我就是个庸人，看不到世界的色彩，这明明证明了女朋友的魅力和诚实。以后不跟你说了，你就是个糊涂的人阴暗的人。

晚饭最后是他结的账，我俩分手时候是彼此都尴尬的神情，他跟我说的最后一句话是，"你先走吧，我去要个牙签"。我说哦。

我俩的友情断了，但我觉得自己没有错，我看到了她女朋友异样的东西，朋友不应该实话实说吗？栗共晨不应该多几种想法吗？一定要固执己见吗？

我猛然想到，栗共晨的女朋友可以告诉他这个故事，而夏郑街却从来没说此类故事，夏郑街难道没有故事吗？我开始变得沮丧，或许栗共晨说得对，我是个糊涂的人阴暗的人，他应该远离我。

晚上我给夏郑街打电话，长音号一直响着，我想象成建筑工人在桥墩上架桥，那最后一块木板始终无法搭到对面那个桥墩，所以电话无法接通。

她始终没回电话，胡乱的猜测重重地压迫着我，整个晚上是现实和梦幻此起彼伏，在半梦半醒间一个念头始终在重复，整个世界在玩弄我。

早上还是电话吵醒了我，马上抓起电话，还真是夏郑街，我手脚慌乱，她说看到你打了这么多电话，说她昨晚在直播现场，没办法接，后来太累了，回宿舍就睡了，你有事吗？

我一下子欢乐起来，一晚上在我心里建立的崇山峻岭全都垮塌，我的心一览无余，一马平川。

我想一个男人应该直接点，应该大方些，我说我想你。

电话的那边明显沉默了，这是一个我刚刚展开不安的空隙，没等我放大成担忧，她说了句，"嗯，我也想你"。

我再次欢快起来，阳光四射般地灿烂，我应该娶她，无论她的过去是如何不堪甚至龌龊，我应该看向未来，就像小时候看过的那些宣传画，一男一女肩并肩以同样的姿势和笑容看向万丈光芒，管他是否虚假的宣传呢，反正是让我开心。

但我明明是个小心眼的男人，我从小到大就没有眼光长远过，我还是个爱妒忌的人，后来自我安慰了一下，我其实很优秀，我若不小心眼就不会精细，我若不精细就不会考上大学，我若不妒忌就不会上进心满满。

我以前认为管青这把锁可以通过冯小璋这把钥匙打开，是的，没错，他的确打开了，我从这锁链里脱开了，但这是故事的一半，另一半是我想不到的，是这把锁和这把钥匙无法脱开了。

就像无边无际的旷野，无数的事情像种子，有些事会长成大事，有些事会自行腐烂。

65

那是个雨天，我还在齐鲁国际大厦的艺术馆跟杨馆长东拉西扯着，他告诉我最近刚找的女朋友，还说这些当官的每天生活是多么无聊，尤其是那些所谓的清官们，各种欲望都紧紧控制，每天都是装模作样，其实跟我们一样，有各种龌龊的想法，他们这些当官的胆小怕事，小心翼翼，还不如我们这些平头百姓，可以做点坏事，例如你，可以在法律边缘作恶多端，他就这样咧着细长的嘴，说着笑着。

虽然他拿我说笑，我仍然很佩服他，他告诉了我很多我不知道的东西，甚至一些教训和经验，这比我平时看的书强多了。

就在我正蓬勃的状态时，电话响了，这是周倩的电话，她说要跟我谈事，"现在，马上"。我的心猛地一紧。

我是顶着瓢泼大雨跑到了斜对面的常春藤咖啡堡的，我一向不喜欢打伞，我那时理解的男人是粗糙的，马虎的，是应该站在山顶上迎着阳光手拿利剑的，而不是打伞的，喷香水，皮鞋铮亮的。

周倩说现在情况变化了，冯小璋要跟她分手了，她说这话的时候脸是紧绷的，稚嫩的脸是横肉隐现的，五官是扭曲的，她不是悲伤的，是愤怒的。

"什么？他要跟谁？"

"跟那臭婊子。"

"啊，冯小璋怎么可以这样？"

我应该做出了愤怒的表情，因为这是我预料到的，其实内心是轻松的，我是以八卦的心态看这事的，从这点看我的确不是善良之辈，虽然我对善良这词其实也混乱。

"你应该说这臭婊子怎么可以这样，这件缺德的事是你带来的，你要解决。"

"那这是你俩的事，我能怎么解决？"

我知道她又开始把方向对着我了，"你需要给我补偿。"

"我为什么给你补偿？"

"你若不补偿，我就去公安局举报你强奸！"

"你怎么能这样？"

这句话是我本能反应，我的脑血液快速流动着，脑电流飞奔着，我的大脑皮质开始紧张运算着，我在想公安会怎么判定这事，管青会怎么说，胡京端会如何，这事太复杂了，我要考虑到每个人的变化，那些极端的可能性，尽量还是大事化小，我需要应付她。

"那怎么补偿？"

"你给我一百万。"

"不行，怎么可能？"

"那我就举报。"

"你先别急，要么我问问冯小璋吧。"某个部位提醒我，这别是骗我的一种办法吧，另外我讨厌她威胁我，一颗昂扬的抗拒心思冉冉升起。

她跟我说话的时候一直盯着我的眼睛。

我回到办公室后，一大堆想法蜂拥而至，我想这些事故里我的罪责，若这堆事大白天下，胡京端会怎样，管青会怎样，公司会怎样，甚至夏郑街会怎样，这些混乱搞得我的腿碰到了桌子角，真疼呀。

我给冯小璋打电话，他问我有什么事。

我说要见他。

"哦，明天吧。"

在这些混乱中，我突然又想夏郑街了，她接起了我的电话，她说今晚不过来了，需要录节目，会很晚的，明天全天都没事，明晚可以在一起。

我一直想在山顶上建个别墅，甚至还想到了希特勒的山顶别墅，可以看到日出和日落，还可以看脚下的山水，总奇怪希特勒为什么拿下波兰后还不收手，为什么要坏事做绝，而不是见好就收，后来看了一些资料就知道了，他的胜利一定会造成他的疯狂，他的疯狂一定会让他走向绝路。

我不能这样，我要见好就收，我一直在盘算着。

在昏黄的灯光下，在热气腾腾的水杯边，我一直是和自己交谈，最后我是胡乱睡着了，躺在大床上，任意伸缩，半夜撒尿起来，发现头脚方向颠倒了。

66

见到冯小璋我还是暗自吃惊，他变得邋遢了，我想他这模样怎么会让这口口声声优雅的管青看入眼呢，转念一想，或许画家就这样，管青就是肤浅的，这样的邋遢才能吸引肤浅。

"你找我干吗？"他揉着红血丝的眼睛。

"你跟周倩分手了吗？"

"跟你有什么关系？"

"你跟管青好上了吗？"

"你想说什么？"

他这么一问，是一种思路的清扫，我反而不知道找他的目的了，我顿了一下。

"周倩不会放过你的，我也会跟着倒霉。"

"那你就跟着倒霉吧，你活该。"

"没想到你是个混蛋！咱们当时可是说好的，给你俩钱，完成任务，你这样做是破坏了承诺。"

"我还没说你是混蛋呢，我还想收拾你呢。"他说话时瞪着眼睛，有一种攻击的架势，我当时就感觉不是他的对手。

"周倩怎么办？"我尽量保持平静，不得不转移他的愤怒方向，我觉得他会抓我脖领了。

"她怎么办和我没关系了，她已经有你的钱了，她应该满足了。"

"她还要你的人。"

"我不想跟她了，她总管着我，这么多年了，我不欠她。"

"当年你俩怎么在一起的呢？"我努力地装着悲哀。

冯小璋开始和缓下来了，像漫天的雪花全部落下，堆积成了无边的雪地，空无的沉静。

"她是我高中同学，说起来也属于青梅竹马，她爸是我们那个县的县长。"

"哦？"我头脑中开始浮现县长的样子，我从来没见过家乡的县长，我是按照电影中的模样塑形的。

"不过上大学那年她爸出事了，被抓了，她妈也被抓了，所以她最爱钱了，说起来她也有点儿可怜，唉，不过，我也不能因为她可怜就跟她一辈子吧。"

我又开始想象县长在牢狱中做罪犯模样。

我离开时冯小璋抽动了一下鼻子，像是感冒也像是难过，我看到他的眼神，像被一层雾包住了。

冯小璋不能因为可怜周倩就娶她，我也不能因为周倩可怜就给她一百万吧，我若跟她较劲，她会怎么做，我会招致什么样的灾难，但从这些对话和冯小璋的表现来看，周倩和冯小璋的确各奔东西了，她不是骗我钱。

虽然她没骗，但她是讹诈我，县长的女儿讹诈我，一个身世不幸的人讹诈我。

我在护城河边上走着，在每个细节里狼奔豕突。

我在年轻的时候遇到烦恼或压力会困意十足，会找个可以躺的地方快速入眠，然后就会缓解，但年龄大了后这些都会反过来，会无法入眠，会反复思量，想清楚了仍然会睡不着，这就是我的堕落吧。

我其实这一年赚了有一百多万，这属于大钱，事业是蒸蒸日上。另外每到节假日，这些零碎的广告费和各种节目赞助都会变成各种商品，一堆堆的货物，我可以任意发放，这让我感觉自己的臂膀张扬，像摩天轮的中心。

亲吻夏郑街的时候因为只需要嘴巴和舌头的动作，我的思绪在触觉和味觉中混合着，偶尔也会跳跃一下，猛然间落到管青的记忆中，我会比较这其中的高低苦甜，像生意人的锱铢必较。

我对管青应该不是爱，我的新想法教导我的旧想法，现在才是爱，是经历过，比较过，鉴别出来的。

这已经是春天了，气温突然升了起来，身体应该也发生了变化，活力精力欲望都在跳动着，眼睛也自觉不自觉地将街面上女人的裸露收集，我越发觉得自己是个畜生了。

从小到大的教育，和教育后形成的修养，只能告诉我应该如何，我一直在惯性中走着，对不时的动物般冲动只能压抑，想想先辈们，那些性压抑的年代或团体里，他们是会像挤压中的西红柿还是里外一致的花岗岩呢。

67

这些日子周倩一直给我打电话，我就一直在拖，找各种理由，终于就在齐鲁国际大厦的大堂上我被她捕捉到了，这是阳光灿烂的下午，或许知道会有争吵，这是种默契，我和她一前一后走出大门，走离街面，站在南门桥下。

"你别想一溜了之。"

"我没办法，你跟冯小璋的事和我无关。"

"因为你的事情，我俩才分手，怎么能与你无关呢？"

"你们当时答应做这事，就应该明白有这类风险。"

"我被你骗了，我怎么知道会是这样的结果，我不要你的钱了，你把冯小璋还给我。"

我俩说到这个程度，基本上就把道理说到顶端了、也就进入了模糊地带，用现在经验高度看，基本上属于难说对错，道理这个工具已经无法用了，需要妥协让步了。我看着平直的南门桥，桥墩和桥面都是直线，本来这世界就是没有直线的，是人造的。

"我做不到，冯小璋怎么可能听我的，我去找他了，他根本不理我。"

"那你给我一百万。"

"那门儿也没有。"

"那我就报警，说你强奸管青。"

"随你便了。"

她的眼睛瞪大了，没想到我是这种答复，我已经想清楚了，胡京端和管青已经给我开了条金光大道，我已经镀金完毕，不会在乎他们了。

这就是毕业后的五年，我已经远远脱离了我的学生时代，已经不再纯朴，不再善良，不再甘于习惯，我在开创，我在挑战，我变了，像那东汉的王莽，先是谦恭，后是凶恶，谦恭不是阴谋，是过程，凶恶不是目的，是手段，王莽也是一直在变。

"你不怕吗？你准备坐牢吗？"

"哈哈，我当然不怕，你愿意怎么折腾怎么折腾吧。"

我假笑完转头就走，就在几十步以后，她喊了句你不要后悔，我根本没有回头。

处理这件事，我无法进行深远的考虑，以我当时的思考深度和见识广度，我是不足以去伸展的，但我只是按照正常的状况，按照自己的弹跳能力估算她的弹跳能力。

没想到她爆发了，如同池塘一般，她搅动了这个周围，这周围形成了一个漩涡，这变成了她一个人的战斗。

我和夏郑街一直在各种欢笑中，但我没进过她的宿舍，我俩总是保持一个距离，我俩身体已经没有距离，但我俩的生活是有一个距离，似乎我俩建立了头脑的通道，但我不可以进入她的头脑里取我疑惑的东西，我的头脑对她是敞开的，但她不主动到我的头脑里取东西，我不确信她是否爱我，但她给我买衣服，她逗我开心，她关心我的冷暖，她就像姐姐，甚至妈妈。

管青给我打电话了，我并不意外，周倩既然要折腾，她就一定会开膛破肚，管青现在是她最大的敌人，但管青不应该是我的敌人了，当然管青的态度我还是拿不准，她的头脑在不同的刺激下会有不同的反应，她是不可预测的。

"你真是好手段，竟然这么阴损的招你也用了。"

"不满意吗？你现在得到了你的男神。"

"你还说是你强奸了我，你他妈的真缺德，是个大骗子。"

"为你的爱情，我奉献了自己。"

"你还很有钱呀。"

"你满意吗？"

"你知道吗，周倩还去派出所了。"

"哦，能想象到，没什么事吧？"我的心猛地一颤。

"当然没事了，当事人不报案，她算什么。"

"你打电话给我干吗?"

"就是告诉你,你是个混蛋,令我恶心。"

放下电话,我长吁了一口气,管青问题竟然这样解决了,周倩应该还不知道胡京璋的存在,冯小璋应该也不知道,管青应该隐瞒了很多,这是她聪明的地方。

用我现在的眼光,管青给我打电话应该是我俩最后的告别,也算是感谢的一种方法,无论我是什么心态,无论我想达到什么目的,结果对她是有利的,她应该就是这样认为的,她应该原谅我了,我至今为她的反应不解,或许这就是时间的力量,时间可以让好人变成恶人,可以让恶人变成好人,或许本没有好人坏人,只是人被不同事件逼成了好人坏人。

这件事用扭曲的方法满足了管青,这是我当时目的之外的意外,这种意外变成了她的收获,这算是艺术创作吗?如同梵·高的画,我相信他的很多突破不是精心设计的,而是直觉的抒发,他是不知道后世的巨大认可。某些方面我也是这样。

很多年后我反思了自己,当时为了发财,我做了恶事,若换到管青的角度,她认定我就是个卑鄙小人,我卑鄙地利用了她,我又卑鄙地让她获利,但周倩被利用了,她要挣脱出来。

我又想警察会怎么认为,没有当事人的报案,警察一定懒得管,尽管这么想,我还是有种恐惧。

就在办公室我坐在长桌背后时,一帮人敲门进来,他们说是工商局的,说是例行检查,看了看执照后,又简单问了业务,然后就走了。

在这过程中我发现自己一直在颤抖,在这些意外事件中,我没有传说中伟人式的沉着冷静，我总是无法平静下来。当年上学考试时我就这样，总是不敢作弊，尽管当年很多人作弊，我仍然不敢，故作镇静真是对我最好的描述，我一直故作镇静，但没有人能分辨出来，更没人会利用我的故作镇静。

若警察找到我，那我是什么样的手脚呀，我已经开始紧张了，于是安慰自己，我模仿情境，我教授自己如何表情和动作。

黑夜是太阳的影子，自己是我的影子。

68

我的朋友刘彦东现在很成功，他说他开了个药厂，现在是董事长了，让我不要继续瞎混了，"过来做个总经理吧"。

很明显他还认为我是当年的状态，在那个状态下我是可以接受总经理位置的，甚至这还算是抬举了，他是好心，或者说他是会相马的伯乐。

我还是忍不住问夏郑街，怎么相中了我，那是我俩喝酒时的问题，她说其实像她这样的美女是不太在意别人的形象，甚至有时候有一种审丑感，"你这人当然谈不上丑，但你这人很特别，真的很特别，说不清地有趣，你一说话就觉得很有个性，真的很好玩，你傻傻的，又怪怪的，跟所有其他的男人都不一样。"

她竟然说我傻，所有其他的男人？她喝多了。

周倩今天找到我的公司了，她说以后每天都来，要讨回我欠她的钱，她坐在我办公桌对面，并不说什么，只是看着我甚至盯着我，她穿着打扮简单素朴，眼神并不严厉，她还说她每天还要去金泰广告公司，她已经从单位辞职了，这样她可以每天专心地处理人间不平事。

我赶她走，她根本不理我，我倒是不敢推搡她，主要是我还没搞懂她的做法，解释不通的怪异。

于是我就走出去，后来我打电话问财务宁萍，她说周倩现在拿本书坐在我的老板椅上读书呢，说是要考研究生。

我说你们赶她走，宁萍说他们也没办法，周倩其实很可怜的。我说你们怎么这样，怎么能同情她，宁萍说没同情她，但她不走，我们没办法。

第一天就这样了。

第二天一早她就到了，甚至还帮着打扫卫生，这都是宁萍告诉我的。

我回办公室跟她说你应该去找冯小璋，他才是你的目标。

"当然我要去了，下午我就去。"

"你找我没用。"

"不行，你的缺德事让我损失巨大，你要补偿我。"

"我不可能补偿你。"

"好吧，那我会每天过来。"

我跑到齐鲁国际大厦的物业部，说有个精神病天天来骚扰我们公司，你们要帮我解决。物业郝经理眼睛猛地一瞪，"怎么能这样，找人办他。"

随即他又问我，"这是啥情况，你怎么招惹上的？"

"说来复杂,你想知道吗?"

"算了算了,不想知道,人在哪里?"

"现在我的公司里面。"

他们效率很高,俩保安去我公司了,很快回话了,说那是个女孩,已经离开公司了。

郝经理看着我,咧着边上长了颗痘痘的嘴,哈哈笑着,"原来是个女孩呀,你确定是精神病吗?你怎么招惹的?"

"唉,电视台就这样,济世安民总会遇到少数极端分子,没办法没办法,行业特点。"我说笑着离开了。

哪知道这事只是开始,因为第三天她又来了,我马上给郝经理打电话,让他抓紧派人来,保安很快到了,周倩并不说什么,她收拾了摊开在我办公桌上的书本就走了,表情没什么变化,也不说什么。

我对着宁萍还有办公室其他几个人说:"你们总应该做点什么吧,怎么不赶她走呢?"

宁萍说我们赶她走了,"她不走,我们一推她,她就哭,我们只能赶她出门,但在公司门外我们就没办法了,总不能让她在公司门口放声大哭吧"。

我只能说哦。

我又找郝经理了,我说能不能在写字楼门口就拦住她,不要让她进入。

他说这难度很大,"首先吧,每天那个位置只能安排一个保安,另外吧,上班时间人流量大,她进入,未必可以发现,即便发现也顾不上她"。他笑着说,"你还是要从根儿上解决,根儿上。"他笑着,用食指朝下点击着。

我知道这些保安和周边几家写字楼的保安都打过架,这点事他们是可以做到的,我就说帮帮忙帮帮忙呀。

郝经理说:"唉,其实也不是不帮你,按理说对于大厦的客户这是我们应该服务的,但这是女孩,又是你说的精神病,这世界只有女精神病是无敌的,招惹不了,若搞成大的事件,我们就完蛋了,你知道这些保安都是农村进城的,手轻手重的,再有点儿同情心或正义感,就乱了,太复杂太复杂了。"

我说:"不要夸大困难。"

他说:"你怎么惹了个女孩,算了吧,让让吧。"

我说:"我已经无路可退了。"

"要么你找警察吧,我们是真没办法了。"他摇着大脑袋不无忧虑地说。

后来我才知道这郝经理,小小年纪就可以做经理,是有水平的,他本就生长于当官的家庭,耳濡目染的做官技艺在他身上美轮美奂。

这是什么季节都没关系了,阳光停留在楼房和街道和各种形状的植物上。

69

我还是硬着头皮找了警察,这还是喝酒时华光族帮我找的人,我拿了些给《流行风》栏目赞助的服装店免费券，那个警察仔细问了我情况，说："你这不符合立案标准，我们只能帮你们调解一下，她没有做过分事情，只是每天去你那里，又是个女孩，我们也没好办法。"

我想若是调解，那就没啥意思了，因为这事要细说起来，非但没有光彩，甚至有点风险，再说这事怎么调解？

那警察把免费券推给我，"帮不了忙，不好意思。"

有一天喝酒的时候还有人建议我找个混混把她打一顿算了，我当时就否定了，这事若进入不可控的程度，我也就进入某种危险了。我一直担心恶果，所以某种程度上我显得胆小怕事，现在看来，我做事不是用道德判断，也就是不用好坏判断，而是用后果判断，就是用利弊判断，我不在乎是否符合道德，而在意是否有利，这点上看，我是缺少道德感的，简称缺德。

我还是忍不住爆发了，那天看着她矮矮的身材，叫嚣着滚开，然后推搡起来，她被我推倒在地，没想到她猛地爬起，从桌上的文具里抓起裁纸刀，摁在自己的手腕上，厉声喊道："你再动我，我就死在你面前。"

她的愤怒吓住了我，这个画面会伴随我一生的，会在所有的静谧时刻敲碎我自以为的强大。

周倩的事情明显无法解决了。

她突破了我，于是每天都来公司，有时还是红的眼眶，在公司内她倒是安静，甚至有时候帮我们做点什么，我没有办法了，彻底服了，那就慢慢保持互不侵犯的状态，我也想明白了，只要不捣乱，你愿意来就来吧，反正我也不用发工资。

这真是难以想象的事情，怎么可能发生这样的事情，这真是人间奇闻了，但就发生在我身上，就发生在这合情合理的每天里。

这已经持续一个月了，我已经不再情绪激烈了。她仍然每天上午来，中午时间就离开，我跟她不说话，她跟其他人偶尔说话，当然我不在的时候，她和几个业务员经常聊天，这是宁萍告诉我的。

我有时觉得活在这世界有无数个和周围的连接点，周倩每天都埋伏左右，早晚这些点会暴露出缺口，会让她利用的，想到这点，我真是非常不安。

我也尝试跟她和解，跟她说要么给你几万吧，你就别来了，你也知道，我很不容易。

她说门儿也没有，只能一百万。

我真是愤怒了，没有人可以接受，这简直是敲诈，我应该坚持住，一分钱我也不给她，我开始大声斥责她。

她并不着急，红红的眼圈外有种笑眯眯的感觉，这让我偶尔有种错觉，她不是为钱，她是有别的企图，我仍然想不明白，然后就当作垃圾抛在脑后。

那天热水器女孩查雅妮又来了，她看了一眼周倩，然后跟财务宁萍小声说着什么，走时跟我挥了挥手，还挤了挤眼，相对应周倩看着她忙来走去，也不说什么。

查雅妮走后，周倩说一看你们就有什么见不得人的勾当，然后就直勾勾地盯着我。

女人的天然直觉像脚下突现的深井，黑漆漆的，似乎是通向地狱的黑洞，这直觉是各种细微感觉的综合，往往超过理性的推理，这往往是无法战胜的，我有一种惊悚的感觉。

我的心被刺了一下，表情上努力保持平静，不搭理她，我继续我的忙碌，心想若查雅妮的事被她发现会如何。周倩太讨厌了。

我本来到公司的时间是随机的，因为她每天上午的坚守，我修正了作息时间，改成每天下午来公司了，这样我们互不干扰，从这点上看我被她改变了。

想到初中时代，数学张老师也是班主任，他有个女儿在我们班，她学习很好，长得还很漂亮，上课时也是跟所有上进同学一样背着手严肃认真，也热爱劳动团结同学遵守纪律积极向上，因此评"三好学生"时就自然被投票选中了，她的名字和其他"三好学生"的名字在黑板上放到一起，白色的粉末在黑板上形成了笔画，笔画组合在一起是名字。没想到被他的爸爸，也就是班主任把她的名字擦掉了，说她不算，或许张老师想表明自己无私，但我那时的感觉是做他的女儿真不划算，当然张老师或许也不是为了什么，因为他没继续说什么。按照现在我的经验，他只是一种直觉，直觉自己的女儿在他的班里不应该做"三好学生"，那时有种社会文化，要把好事留给别人，他应该是在这文化的引导下这样做的。但这也是一种不公平，至少对于女儿不公平，果真这种不公平随着平稳的时代发生了变化，自私堂而皇之地君临天下，社会文化也就变化了，这类事情就销声匿迹了，在世间无穷的细节里，不知道女儿被爸爸改变了什么，女儿的命运是否有了转向。

70

寻化民给我打电话了，他说公司依然困难，但前途仍然是光明的，问我是否可以追加点流动资金，我正心烦意乱，就说现在困难。他说那你的股份就要被稀释了，你最好过来商量一下吧。

我感觉这个世界不是大众熟知的生不带来死不带去，其实每个人死后都会拥有一个新世界，他们会成为新世界的上帝。新世界有新人类，新人类是来自于在世时候的各种野兽和昆虫，新世界里面也有野兽，它们是来自于旧世界的植物，万物都在升级，新世界是旧世界的升级版，世界无穷无尽，宇宙像套娃一样。

我们所谓的董事会是在家常菜饭店的包间里举行的，大家举起手里的杯子，里面盛着各色的酒，装模作样地说着，最后的结果是我不再出钱了，他们又忽悠到新人购买股份了，他们大声疾呼，要做大做强，要把余生奉献给这伟大的事业。当然结果是最大股东属于别人了，我是二股东了。

我说我能做到的就是不再跟你们烦了，你们做大了我就来分赃，你们若是赔没了，打个电话就行，若你们破产了，穷困潦倒衣不蔽体食不果腹，要饭到我门下的时候，我就给你们饭吃给你们汤喝。

我算是给我那投资的三十万找了个想象根据地反正和奔跑中的我没什么关系了，借着酒精的刺激，我努力在分辨着这是攀上了一个新的境界还是掉进了骗子的陷阱。

做广告的一大好处就是接触各种各样的人，听到或者见识到各种各样的事。我就像博学多才的学者，对他们所有的热血沸腾和冲天信心都麻木不仁，都是悲观失望，我甚至理解了上帝，上帝其实是孤独的，无所不能经历一段时间就变成无所作为了，见识多了就麻木了。

这些日子我和夏郑街进入了一种平静，如同是深山老林里的池塘没有任何波澜，我俩没有很多的做爱，也没有更深的聊天。

唯一的变化就是我的屋子里多了她的衣服，多了一个沙发，多了一套牙具毛巾拖鞋。

我不知为何厌恶做饭了，或者具体地说厌恶买菜洗菜切菜炒菜盛菜端菜，我的房子里没有炊烟，我们都是买来吃或去饭店。

遇到的麻烦我一直没跟她说，她的过去现在也不跟我说，我俩很近也很远。

我俩彼此很有礼貌，谢谢对不起请，我俩还在相互交换着这类用词，那个结婚的字眼始终没再出现，就像日光下隐蔽的月光。

在山东的文化传统里，我应该有种男子汉大丈夫的强大和宽容和奉献，但我做不出来，我无法做到比她更强大，我不知道怎么再宽容，也不知道怎么再奉献，我不敢问她的过去和她的现状，我怕那里面藏着魔鬼，那魔鬼会让我坐立不安。

无论她说什么，我都是一副相信的样子，我说什么她也不质疑不反驳，不知道她是否爱我，她不说我就无法问，若她说，我不知道是否会相信，反正我的爱情像流畅的小溪，一直在缓缓流动着，一直朝向低洼地，是没有方向的，是没有其他溪水流过的。

从寻化民那里喝酒回来，我不断地呕吐，她给我倒水，帮我擦拭，我连说对不起对不起，她说没关系没关系。

71

早上醒来后我又跳出了尘世，就说："咱俩去北京玩吧。"

她问："什么时候？"

"现在就走。"

"哦，好吧，那我打几个电话安排一下。"

"你可以不打电话不安排吗？"

"可以。"

济南去北京的车很多，我俩直接到车站买票。

就在北京的某个旅馆住了下来，这是春天的北京，那是个傍晚，阳光将我俩的身影拉长，身影铺在各种物体上面，我俩在街上走着看看，试图找到和济南不同的新鲜，街上没有人把街道当作终点，这只是行进的过程，家才是归宿，我俩没有家，我俩把街道当成了家，当成了艺术品去欣赏。

我当时为什么想到北京游荡，而不是三亚不是西藏不是大理不是上海呢，现在看来或许我潜意识在渴望权力吧，想吸取庄严肃穆崇高甚至牺牲壮烈，我是在汲取力量，如同某个说法，缺什么补什么，记得大学实习时我们几人吃工厂食堂，我对实习的同学说我特别想吃肉，估计是热血身体需要了，缺什么补什么。有个女同学就说你这人呀，馋了不说馋，说是身体需要，这么会说。

　　这次出外是逃离现状的一次人生深呼吸，我竟然进行了人生划分，我的童年我的小学我的初中我的高中我的大学，周倩一直在敲打着我，我好像在深海中浮上沉下，要么就给她一百万吧，看在这大世界的面上，但这只是一霎那的幻念，我马上想若这样投降，那这一辈子就失败了，我不能懦弱，不能退让。走在街上是有被车撞死的可能，我不能因此不上街了，不能怕周倩的讹诈，我要跟她干到底。

　　我和夏郑街各自陷入沉思中，我俩不说话，走在街上的她有很高的回头率，我的自豪是不断在脑海中涌现的。

　　第二天下午吃饭的时候，我给宁萍打了电话，问了公司的情况，一切还一如既往，周倩来了又走了，业务还是繁忙，栏目组那里配合还好，她又说了些琐碎的事情，最后她问我能不能给她涨工资。

　　夏郑街密集地打电话，期间她还去了洗手间，时间很长，估计有一个多小时，她应该是处理了一件涉及国计民生的大事，或者是微观世界的纠缠量子。她的神秘不时搞得我欲罢不能，搞得我欲火熊熊，这是种什么欲望呢？我能熄灭吗？我能暂停吗？现在我知道了，这是柏格森的生命冲动，这是叔本华的生命意志，这是尼采的权力意志，这还是弗洛伊德的力比多，这甚至是黑格尔的绝对精神。

　　现在看来，夏郑街和周倩都是需要时间去解决，甚至还有我的公司，这些都是一样顽强，都生长在宇宙里，都在自我发展壮大。

傍晚我俩就回去了，仍然是我的主意，她貌似很顺从，但毫无疑问她不是这样的人，我感觉她就是悬在空中的人，有自己的浮力，她在漂浮着，在享受着。

在几个小时的回程中，或许是我的不自信，或许是我的好奇心，我竟然问她你在意我的身高吗？她笑了。

"别说，我还真没注意你的身高，你一问我才发现你的身高还真是一般。"

我俩在快速转换的窗景下有一句没一句地说着，车厢里的另一排座有人争论了起来，说的是美国日本什么的，我毫无兴趣，大家都是小人物，都是深海里的小鱼，怎么搅动也没有风浪，二战前丘吉尔发现希特勒的阴谋了，大声疾呼后不也是被大多数人唾骂吗？我对这世界很绝望，以前以为从我做起就可以推动别人，真是可笑无比。

72

这又是三个月了，除了细节之外，所有的大事都没有变化，我的鞋是一年前买的，我的袜子是半年前买的，我的内裤是一年前买的，我的裤子是两年前买的，我的内衣是一年前买的，我的外套是两年前买的，我的头发是一周前剃的，我的表皮细胞一个月就会换新的，但神经细胞会陪我到死。

清晨醒来后，我会面对她，那我就不可以伸展四肢，需要小心翼翼爬起，穿衣穿袜穿鞋，然后轻手轻脚走开，这一连串的动作都是我身边的她带来的，我没有自由自在的感觉，已经被罩上了一个套子。

爸妈在催我结婚，同学什么的大都结婚了，周边的朋友也张罗结婚了，我陆陆续续地参加婚礼。结婚，就意味着另一种人生状态，我始终觉得自己没有准备好，我不喜欢孩子，我没想将遗传基因传承下去，有什么实在必要吗？或许在这一点上我属于脑子缺根弦吧。

但我仍然说"咱俩结婚吧"，就在清晨我突发奇想，或许这是推卸责任的一种，夏郑街笑着说好啊。

"咱俩还操办吗？"

"随便吧，我不在乎那些形式上的东西。"

"我也是。"

我始终觉得我俩有一段距离还没突破，但又不知道如何突破，我去了她的宿舍，这是电视台宿舍二楼，她自己一个房间，里面很简单，没有任何奢华的闪耀，淡艾的那个说法和现实的她没有任何交汇点。

我出生在一个小镇里，所有人的生活都是简单固定的，或者说在繁忙小学高中时代的眼睛余光中，我不清楚婚姻男女做爱后再怎样亲密。

或许她和我结婚后就不同了吧，我就这样自我安慰着，我俩有时谈婚姻谈未来，但就是没有细节。

我有种直觉，所有的事都在酝酿着，等待一个时刻一下子跑出来，就像关在笼子里的一群老鼠，笼门一开，所有鼠都会疯狂窜出。

周倩还是每天到我这里上班，她还有了钥匙，我已经没有情绪了，甚至怀疑某天会把她这个敌人发展成合作伙伴，后来我发现这是对的，因为一个有理性的坏蛋仍然是可以合作的，但没有理性的好人，是万万不可以合作的，因为你永远无法预测他，那就意味无法利用他。

我想这周倩每天上午到我这里上班，她下午应该折腾冯小璋，折腾金泰广告公司，并且那里没有保安，那里才是矛盾的发源地，是矛盾的战场，是矛盾的解决地。

出于好奇出于知彼知己的孙子兵法，我想到了钱翠华，她是金泰广告公司的同事，是做广告策划的，这女孩脸圆圆大大红扑扑的，笑起来像个大苹果。

就在晚上我拨通了她的电话，她仍然像以前一样笑，在电话里我俩相互问候着，我还问她何时嫁人，然后就问公司有什么新变化吗？她说你还不知道吧，她就这么开头的，我一定要表现出惊讶，她开始喷泉般叙述了：

"你那曾经的女神现在跟冯小璋好上了，冯小璋的前女友，叫周倩的，每天下午都来公司，永远是在冯小璋左右，哈哈哈哈，笑死了。"

"那皮昆仑不管吗？"

"他一向功利主义，和他无关的，能躲便躲，何况集团领导一直想换他，他根本不敢得罪人，现在公司所有人都傻眼了，这周倩太厉害了，服了服了。"

"那管青呢？"

"她能怎么办，已经跟周倩当众吵过几次了，现在周倩根本不搭理她，管青只能每天各种臭美。"

"那冯小璋呢？"

"他就是个花瓶，每天勤奋画画，什么也不说，当然他经常溜走，周倩也不找他，第二天下午再来。"

我俩在电话里哈哈大笑，我似乎看到了这生龙活虎的场景。

走在街上我浑身轻松，每个人都装着一个小发动机，周倩一定装着一个与常人不同的发动机，我哈哈大笑。

每个花草也有发动机，这样在我的天堂里，每个花草就变成了张牙舞爪的猛兽。

73

夏郑街升官了，她升为节目部的副主任了，令周围人更吃惊的是在短短三个月后，她又变成主任了，这是实权部门，在这之前她只是个栏目制片人和主持人，这种跨越是很夸张的，很多人还不知道我俩的关系，我会听到一些背后饶舌，这让我在高兴和忧虑的两种情绪上摇来摆去。

高中时代的几个学霸都是女孩，她们强大到在数学物理化学上都可以优秀，她们像泥鳅般游来游去，可以击破各种难题，而我只能行动迟缓，四处碰壁，自叹不如，我似乎踩到了当年的悬崖绝壁。

夏郑街开始几天是满脸潮红，现在则是坚定的意气风发，她已经变了，所有意外收获的东西变成她固有的东西了。

那个晚上她告诉我，她若继续下去，十年之内她可以坐到台长的位置，我明白了，她幻想的未来腐蚀了她的过往记忆，腐蚀了她现在的安宁，现在的她不是过去的她了，升职造就了一个新的她。

就在往下的几个月里，她的笑越来越少了，我开始觉得呼吸越来越不畅，有种窒息的感觉。

夏郑街繁忙异常，除了台里本身的会议和审片各种业务之外，她还参加各种庆典和宴会，她晚起晚归，我俩重叠的时间很少了，加上有些时候她住在宿舍里，我俩见面更少了。

我跟夏郑街产生巨大差距了，她开始变得跟管青一样，需要我恭维和伺候。时间一长，我的尊严就像热锅里的蒸气慢慢冒出来了，我也变了，无法像以前那样了。爱情像一盏孤独的灯笼在飓风的前夜摇摆着，幅度越来越大。

当年我辞职后的第一份工作是在一家所谓的台资企业做秘书，记得那里就有一个外人，是催款的，他每天跟我们一样正常上下班，清扫卫生，周倩现在就是这样，那天她突然说，"每个人都是不同的，有的人先天就是有毛病的，根本无法适应这个时代，只可以做苦力，他们就是劣等人，冯小璋就是这样劣等，他先天就有毛病，他是个笨蛋，他需要我，我要给他治病，我俩一定要白头偕老。"她是瞪着眼说的。

这种话和这种表情是我第一次遇到，我呆呆地望着她，这一刻我觉得喜欢上了她，我觉得她一定会成功的，我想汲取她的力量，但马上又自责了起来，我明明有夏郑街，怎么还可以这样东张西望。

这是一股莫名的力量，或许来自于远古的某个积聚，这不是我的本能。

我始终无法忘记她的表情和她的话语，以前我是盲目的人人平等的信念支持者，突然在她说出笨蛋和聪明人是无法平等的，我就想到了懒汉和勤快人也是无法平等的，甚至我还想到了每个人都是不一样的，所以也是无法平等的，这道理有各种各样的特殊情况，几乎无法找到内在的逻辑了，如同吃着猪肉，却对狗关爱有加。

我说既然冯小璋那么劣等，你还抓着他干什么？

"因为我们是青梅和竹马。"周倩笑着说，我能断定这是幸福的笑。我还想这就是爱情吗？我和夏郑街之间算什么？

这个炎热的夏天，我适应了周倩，适应了每天半闲半忙的生活。

但我和夏郑街已经进入了破裂边缘，我俩开始彼此不适应了，她所有的生活装入了一种庄严肃穆的舞台，要有仪式包装了，她不再个人化情绪化了，她有个巴结的秘书，有个细致入微的助理，单位给她配了个两室一厅，还有配的司机，她开始俯视生活了，她只需要动动嘴，事情有人去处理。

我想抓住我们的爱情，但正如手捧水一样，每个缝隙都在奔流。

那晚我摸她的时候，她竟然跳了起来，急急推开我，"今天不行今天不行。"

我说:"你怎么了,咱俩很久没那个了。"

她说:"没怎么,就是心烦。"

"跟我说说,怎么回事。"

"跟你说有什么用?"

我不可能把她永远当作一座雕像,她本应该跟我一起兴风作浪,她不耐烦了,她不温和了,她不真诚了,我不再兴趣盎然地望着她了,我的心凉了。

我后来明白了,一个信仰权力追求权力的人是不会真诚的。

74

只是一个月后,一切都变了,本来只是破了一个洞,没想到掀开了整个大幕,虚弱一下子暴露,所有的事情都合谋似的群体爆发,都朝向恶果,我不得不仓皇逃命。

我以前很务实地认为这个世界就是我周围,我把周围哄好了就安全了,周围之外的是幻觉,但现在我被这周围赶走了,幻觉的东西变成活生生的獠牙利齿。

事情完全是结伴而来,那天我跟夏郑街吵嘴了,其实只是几句话,或许那时她正心烦,或许她正处月经期,她不断地接打电话。

我就说:"你累不累呀,周日都这么多电话。"

她竟然说:"你还是管自己吧。"

我说:"我很好呀。"

"你就是小人物的好。"

"大人物不也跟小人物一样吃喝拉撒睡吗?"

"除了吃喝拉撒睡,你还知道什么?"她已经眉眼凝结了,开始收拾起来,然后摔门离开。

下午我接到了辛铮的电话,他直接在电话里发作起来了,"你这个笨蛋,完蛋了,我告诉你多少次,要低调要低调,你就是不听,主管部门判定我们是有偿新闻,要求我们台停播节目了,估计还要处理我了。"

我的心一下子紧缩起来,我说:"那怎么办?"

"不知道不知道,你抓紧把咱们的款清算一下吧。"

我当时并没有深想,我的公司像一个八爪鱼,每一只爪子都在抓钱,这栏目对我而言只是其中一只,这栏目死掉了就死掉了,无非少赚钱就是了,无所谓。

想到这一点,我紧缩的心慢慢伸展开来,甚至有一刻还想这辛铮飞扬跋扈傲慢无礼,这就是他自己的灾难,我有点幸灾乐祸的感受,同时庆幸自己身轻如燕。

我连说好的好的,其实心里在想要捂紧钱袋子,绝不能再交栏目款了。

我小时候家中柜子里就有钱,或许是爸妈宽容的原因,我从来不瞒着他们拿钱,若有开销,也是经过他们允许才去拿,这种懂事不知道来自于哪里,或许是他们总告诫我做事应该合情合理吧。

大学时候他们给我汇钱,我总是可以将钱算计到下次汇钱为止,工作后我似乎才清楚钱是多么重要,钱这个东西是聪明人类的驱动力。

辛铮和我或许无法共同作案了,而是演变成坐地分赃了。

我给财务宁萍打电话,告诉她:"这几天你不要给电视台支付任何款,除非我通知你。"

在电话里她小声说:"主任您知道吗,李集惹祸了,有个县里的领导被惹恼了,说是要找上级查我们。"

"他怎么惹恼的?"

"好像是电话里先讨价还价,后来李集威胁对方,最后就吵起来了。"

我问她:"李集在哪里呢?"

"他一早就走了。"

在我的宇宙里,所有的人物都曾是人间的虎狼豹犬,进入我的宇宙后,他们都变成各色人等,这些欲望燃烧的人相互争斗着,我也有很多欲望,有些简单基本的欲望,像果盘里的水果,可以伸手可取,但有些复杂的,我可以设计阴谋仍然可取。

我给李集打电话,他接了,还是那个腔调,感觉是在播音状态,我问他:"得罪哪个县了?人家已经找到宣传部了,栏目要被撤了。"

他说一怎么怎么样二怎么怎么样三怎么怎么样,结论是没事,他们就是装,就是虚伪,就是邪恶,不能软弱,不能妥协,不能投降,要勇敢要斗争。

很明显跟他没法沟通了,我实在不想跟他吵架。

第二天上午十点,没想到夏郑街来了电话,她直接问我在哪里,我说怎么了,"我在大厦大堂"。

她说:"你马上离开。"

"为什么?"

"台长带着保卫处的几人去你那里了。"

"啊,为什么,他们到我这里干什么?"

"别问了,让你们的人都离开。"

"台长来干吗?他们没有权力。"

"傻瓜,保卫处的人不会管那些,随便找个说法就可以把你扭送公安局,别废话了,抓紧抓紧。"

"哦哦。"

我马上挂断电话,又拨公司电话,让每个人都离开,锁上门。然后快速走到对面的贵和商场,这是一种想象下的恐怖,在这恐怖中手脚在哆嗦。

秋天来了,黄叶在四处飘荡着,所有的记忆都凝结成一种黄色。

我反复在想,他们为何要来,我为何要躲,这是有合同的,这是双方合作的,我没有任何过错,为何保卫处的人也要来,我马上拨打辛铮的电话,连拨四遍,始终没有接通。

就在短短的半小时后,电话排着队进来,先是周倩的,然后齐鲁国际大厦物业的,李集的,严鲁的,木宁的,甚至还有远在天涯的大学同学的。

我先是接了物业的郝经理电话,他还是不紧不慢的声调:

"子大记者,看样子你惹事了。"

"怎么了?"

"电视台来了一帮人,不知怎么把你门口的牌子踢倒踩碎了。"

"啊,妈的,这是谁?"我只能故作惊讶故作镇定。

"哦,反正咱们是哥们儿,我也不管电视台里的事,我让保安跟他们说了,不要影响大厦的秩序,不要做过分的事,一码归一码,他们没敢撬锁,现在走了,我跟你说一下,另外这个月的房租该交了,这个你要抓紧。"

我连说:"哦哦,当然当然,这个少不了,谢谢了谢谢了。"

放下电话,心突突地,怎么把牌子都砸了,怎么能这样做,我继续评估这事,目前这事看样子会影响和台里的栏目合作了,不知道过后怎么去修补关系。

没想到这只是事件坠落的一块砖。

电视台的电话很重要,于是我拨通木宁的电话:

"木主任,您好,有什么指示?"

"你这小子在外面搞诈骗,严重影响台里的声誉,我正式通知你,解除电视台和你现有的所有合作,和未来所有的合作。"

"哪有什么诈骗,不是这样的,您听我解释您听我解释。"

电话已经挂断了,我跺着脚咒骂起来,事情怎么到了这种程度呢?

查雅妮的电话进来了,她说公司的广告流程变了,"目前的合作终止了,以后有机会再说吧"。我哦哦了几句算是回应,算是结束语,也算是礼貌。

我突然很想见夏郑街,分不清这是一条落水狗的挣扎还是爱情的回光返照。

开始她没接电话,后来她回电话说:"咱俩结束了,你不要再找我了。"她还说看错了我,"现在发现你是个很不靠谱的人,是会招惹是非的人,我跟你根本不是一个层次的人。"

一股电流从上到下,从大脑爆发穿越心肺直至脚跟,我应该是呆住了,那一刻的场景凝固在记忆里,齐鲁国际大厦和贵和大厦像两座大山,中间是洪流,人和车在奔腾。

我本来想求她,我还想说你怎么这么心狠,你怎么说分就分,但这时刻我什么都没说,我被愤怒淹没了。

75

晚上我没吃饭,一人坐在房间的沙发上,面前是黑漆漆的,脑子也是黑漆漆的,我就困在黑漆漆里。

我不知道怎么睡着的,是上午淡艾电话唤醒了我,我能听出她的不安。

"台里要求你代理的广告都停播,怎么回事?"

我说我也不清楚。

她连声叹气,"我帮你问问"。

放下电话我给辛铮打电话,电话已关机了,我的电话还保持着安静的状态,没有任何人找我,我的心像一只刚被抓进笼子里的老鼠,蹦跳着,冲撞着,我继续拨打电话。

我应该给严鲁打电话,看他知道什么,他昨天给我打了,我应该回话。

没想到电话一接通就是一连串愤怒的漫骂，他先说你是人吗，你怎么跟我的朋友私下合作，这是我的客户，他责骂我跟那热水器女孩的合作，他说我道德败坏，是个小偷，等等等等，最后告诉我这几天就会有人收拾我，那一霎我想到历史上发生的屠城事件，刀光血流寸草不生。我突然担心查雅妮别被这小子折腾，转念一想查雅妮异常精明，或许她会转念跟严鲁合作，希望她好运吧。

在严鲁的眼里，我不是人，通过他结识了热水器女孩，然后偷走了他的业务，我是小偷。

在管青的眼里，我没有杀胡京端，反而勾结他，这是良心泯灭，我又帮她得到了冯小璋，这是没有底线，是应该下地狱的。

在周倩眼里，我利用她的贪念，毁灭了她的爱情，我是狡猾的奸商。

在胡京端的眼里，我是利欲熏心不择手段的混蛋。

在夏郑街眼里，我是个难测的小人。

在电视台的眼里，我招摇撞骗，危害社会。

小时候爸妈反复告诉自己，不能认为自己什么样就是什么样，而是别人认为你是什么样你才是什么样，现在看来，若是要根据别人的评价，那自己真是罪大恶极，完完全全的坏蛋。我不冤枉，的确这一切都是我设计的，我按照对世界的理解，将自己的欲望糅进去，然后胆大妄为。

我跳出身体外审判自己，我的坏藏在哪里，要抓出来，我害怕恶有恶报，我要做好人。

本可以过个另外的人生，若不是自作聪明利用别人，我就不会进入广告圈，我仍然会风里来雨里去拉广告，在过往的人里面做朴实的人，在平淡的生活里锱铢必较。

但在这种蓝天白云下，我可以安静下来吗？因为我利用了此事，就不难解释我以后的变化，一直到我发财，一直到我和夏郑街的爱情，一切都是有根有据，如同多米诺骨牌，我推倒了第一块，以后就会合理延续的。

没想到大学教育救了我，当年图书馆的埋头乱看竟然赐给我巨大的安慰理由，因为我想到了人吃人，史书上有很多这样的事件，为了生存人吃人，相比较我还没到这程度，我算不上什么坏人吧。当年杀人无数的恶魔成吉思汗打下了江山，现代人却顶礼膜拜，或许不是恶有恶报，反而是恶有好报。

我为啥不可以跟这些混世魔王相提并论，若可以比较，我所做的就是小孩子过家家，我有点瞧不起自己这些小把戏了，真是做不得大事的表现。

我感觉这世界积累了一堆愤怒，一下子全部倾泻，这里面只是错了一次，并且不是我犯的错，或许这里面根本没有对错，或许这都是我的误解，这世界就是这样，大家都是靠运气活着。

事件继续按照自身的逻辑前行着，我试图猜想这事件本就是个小脓疱，然后在时间的抻拉后自行消炎。

没想到它继续长大，忽然硕大，变成一个无所不能的魔鬼，要直接撕碎我。

胡京端的电话进来了，他质问我为什么广告都停播了，这正是晚上九点，这时刻马牛羊都进了圈，都已经吃饱了，我还没吃饭，我真不饿。

我就说哦,"我查一下,明天告诉你"。

他说你就说实话吧,"听说你出事了,台里封杀你了,咱们的合作终结吧,按照咱们当时的约定算一下账,我也不想亏欠你,咱们好合好散吧"。

我哦哦了几句,没想到眼泪已经下来了,不知道怎么说了,就挂了电话,窗外的一切嘈杂、色彩和物体我都看不懂了,我是进入了百草荒芜的凄凉。

记得大学时班级象棋比赛,在最后认输的时候我站起来,什么也没说,因为刚刚太投入了容易发泄,我就控制自己,不能失态。

我已经没路了,似乎已经走到尽头了,但往下还在继续,说明还有更深更黑的尽头在延伸。

我想到一位患癌症的人,他的岁月是可以用天计量的,可以是十天三十天或者四十天九十天最多一年,他应该不知做什么了,周围人也不知道做什么。

我还剩多少天。

76

第二天上午又有电话进来了,一个陌生的号码,接通后对方声音坚硬,先问我是子日山吗?然后说自己是检察院的,让我下午到检察院来一下,有一些事情了解一下。

我问什么事情,他说电话里不方便,"让你来就来,不要那么多废话"。

我的心狂跳起来,这又怎么了,我一动不动,反复琢磨话语的口气和字句,自己的肉身开始瘫软了。

本能的反应是躲起来,我真吓坏了,事情怎么变成这样了,这么多年我一直游走在这些边缘,正路太拥挤了,我的才智是普通的,我始终贴着这些路的边界,但始终没有走出边界,不至于走到法律的边界内。

淡艾的电话进来了,她说你知道吗,"辛铮被检察院抓了"。

我问:"为什么?"

"不知道。"

"哦,刚才检察院打电话还找我,要我过去了解情况呢。"

"那你先躲起来吧。"

"可是我什么也没做呀。"

"那你也要躲起来,你是解释不清的,他们是多疑的,你会受苦的。"淡艾压低了声音。

"那不是办法吧,躲了今天躲不过十五。"

"躲了再说,再找朋友私下打听。"

挂了电话后,浑身已经冒汗了,逃走的想法一冒出,我就做最坏打算了,感觉检察院已去我家蹲守了,也去公司等候我了,开着车,我不能回家了也不能回公司。

过了一会儿,台里的号码显示在我手机屏幕上,我接起后,是淡艾,她说你不应该担心,"你不是跟夏郑街关系好吗,你找她吧,她一定能解决"。

我哦哦了几声，不想多说什么。

真是不可思议，所有的恶事似乎经过编排后集体涌现，我本来是不信天不信地，但那一刻我浑浊了，觉得这应该是个集体活动，是某神仙策划好击垮我的，那我应该承受然后躲藏，而不是迎战。

我还是不想给夏郑街打电话，我不想求她，我毕竟还可以躲起来，这是我的顽强。

我给办公室打电话，告诉宁萍出意外了，上面打招呼让咱们临时躲避一下，这些天大家都放假吧，具体上班时间等我电话。另外你现在去银行把公司账上二百万转到我的账户，剩余的款先别支出，月底正常发工资。

宁萍是我以前同事的妹妹，她做出纳，她一直很听我的话。

她问："子主任，咱们没事吧？"

我说："没事没事，不用担心，上面一直有人在罩着。"

就在下午，钱到账后我舒了一口气，我把车开到火车站的停车场。我买了票直奔北京，我的心突突跳着，就是一种逃命的感觉。

以前看电影发现那些坏人最后都会被绳之以法，我总是倒着来理解，总是希望他们可以逃脱，现在轮到我了，但我真没有犯罪呀，我应该可以顺利逃脱。

想起了拿破仑的经历，我觉得他若这么做而不是那样做，他应该可以走向最后的辉煌，但他的行为习惯已经决定了，他误以为真是天下第一，他若没有起初的百战百胜，若是不称帝，跟周边搞好关系，他就不会树敌太多，他就会守住胜利果实，他的成功导致了他的失败。据此我就反思是否我发财致富太快太顺利了，我也是树敌太多了，我需要潜逃，而不是像拿破仑那样直面迎战。

在青春最旺盛的时候，我抛弃了缠绵，开始人生最坏的打算，并对这个时代充满信心，我会逃过灾难的，我的身体会像树叶在秋天中焦黄脱落，在下个春天会重新嫩绿。

77

去北京的列车上我接起了一个无号码的电话，电话里的人很平静地说是检察院的，他问我为什么不来，他们只是想了解一下情况，需要我配合一下，不是我的事，若是我个人的事他们就直接抓我了，让我不用担心，抓紧过来，他们在等我呢。

我小声迎合着，我说病了，在外地回不去，然后就挂断了，我不能试图挽救我的王国，不能像拿破仑一样肆无忌惮觉得天下无敌，我不能怀有侥幸心理，要保住胜利果实，不能去攻打俄国，我不会去检察院，不会上当的，我一定远走高飞，越飞越高。

我把手机电池卸了下来，现在的我已经幻化成一只鹰了，跟所有细节保持距离。

一路开始设想我的北京生活，要像鲁迅描述的那样，"破帽遮颜过闹市，漏船载酒泛中流，躲进小楼成一统，管他冬夏与春秋"。这种想象让我的心一直在飞，越飞越远，越来越看不到济南了。

当年的技术不发达,管理也松懈,没有联网没有监控没有定位,毕竟不是大案,我不必过度害怕,我取现金租了房子,不需要身份证明也不需要合同。

我不想住四合院,虽然那里可以有树荫和方形的天空,但邻里间是需要面对面的,这是孤独者的大忌,我也不想去崇山峻岭,那里是无限的寂寞,日常的不便会让我坐卧不宁。

我还不想住北京的东面,那里有胡京端的影子,我住在海淀区的一栋新楼里,是个中介带我进去的,那房东敞着大门正在拖地,她看了我一眼就说看你斯斯文文的,租给你吧,价格好说。

或许真是受伤了,我先是到书店买了一堆书,再去超市买了油盐酱醋大米馒头白菜葱鸡蛋,然后就在这两室一厅里住了下来,早上我吃葱炒鸡蛋馒头,中午和晚上我吃白菜米饭,其余时间就是睡觉看书,我把过往和现实都关在脑外,只想书里的东西,我紧紧围绕着作者的意图,按照作者的操纵去哭和笑,偶尔的间隙就是凝视窗外的天空和小角度的绿树。

济南应该是少了我一人,周围少我一人就像拔牙后留下的伤口,我就是那颗牙,那伤口自行解决,不知是变臭还是腐烂,就这样想象着,然后就形成了一个和我无关的景物,最后我就果断地忘掉。

我还想到了佛像庄严,想找个寺庙,在佛像背后坐一天,感受它的周围有什么特别。

这独居十三天是我幸福的日子,因为这是完全无性的日子,我曾经跟那个空姐谈到这些,她说根本不相信,因为你不是这种安静的人,你不可能暂停,她说得很坚决,这一刻她是用心的,她无法读懂一个看似虚荣的我竟然有颗安静的心,她其实不是安静的人,她不愿意继续这种怪异的话题,马上说咱们还是去逛燕莎吧,换季了,新衣服早已经上市了。

我的十三天幸福中断了,这是因为 ATM 机上取钱的时候,荧屏上没有任何显示,只是卡被吐出,或许是银行某个环节出错了,或许是钱被冻结了,我再用其他卡取,仍然无法取钱,其中有张卡竟然还被吞了吐不出来了,很显然账号都被冻结了。我知道坏了,事情恶化了,我心惊起来,这么多的钱竟不由我支配,我靠我要疯了,这几年的积累消失不见,如同被重击,这十三天的安静一扫而空,我马上回去插上电池打开手机。

短信嘟嘟地涌进,淡艾发了三条,宁萍发了四条,周倩还发了一条,还有莫名号码发了两条,爸爸发了一条,广告五条。

这些短信无法描述事情的全貌和细节,我需要打电话问了,淡艾告诉我,"辛铮已经没事了,检察院没发现他有什么问题,其实他是有关系的,也不会有什么大事的,你应该可以露面了。"

"究竟怎么回事,为什么抓他呀。"

"这怪他自己惹事,跟你没什么关系,见面再说吧,你现在还好吧。"

我哦哦地应承着说:"还好,过几天回去见面再说。"

"你要是跟台里合作,还是要找夏郑街帮忙。"

"好的。"

我没说账号被冻结了,跟她说也没用。

给宁萍打电话时,她一口气说:"子主任,不好了不好了,就在几天前公司门口被贴上封条了,我开始不懂就开门进去了,发现账本都被拿走了,保险柜也贴封条了。周倩说不能再打开封条了,否则会被拘留的,我不敢打开保险柜了,现在大家都不敢来上班了,怎么办呢?"

我说:"别慌别慌,上面的关系告诉我们需要沉着冷静安定团结。"

为了这些钱,我必须自救了。

这事是世界有计划有步骤地一步步将我推向悬崖绝壁,我无法再躲了。

78

辛铮有上层关系,而我是平头百姓,我没有任何关系,是会身陷囹圄的,我给夏郑街打电话是很伤自尊的,但现在不得不低头,不能再顽强了,真的需要她帮忙了。我很明白,这其实是找她背后的大人物,那个或许是共享我的爱人的人。

第二下长音时她就接起了我的电话。

她的第一句是喂。

我的第一句也是喂。

她的第二句是"你跑哪里去了?"

我说:"你能帮我吗?"

"你说吧。"

"我的公司被查封了,账本被拿走了,个人的账号也被冻结了，上面还有我这么多年的辛苦钱，能不能帮我查一下怎么回事吗？然后帮我解决吗？"

"哦，这么严重，是什么部门查的？"

我就仔细描述了一下。

"嗯，好，明白了，你先找个地方躲几天吧，放心吧，没什么大不了的。"

"谢谢。"

她直接挂断并无搭话。

这就是我俩的对话，我俩已经跨越以前所有的情绪了，即便是我俩在某个时刻还停滞留恋，但现状已经将彼此吊到了不同的高度，每个人都不得不摆脱过去了，在这危急关头，她的信心让我一下子踏实起来，感激之情像雪崩一冲而下，这应该是享受我爱人的人在帮忙，我应该当牛做马，我应该俯首帖耳。

就在一天后夏郑街回话了，她说话很快，"你没事了，派个人去取账本吧，银行解封了。"

"就这么简单吗？"

"你放心吧，没什么复杂的，世界就这样简单，小人物什么都会复杂。"她笑着挂断电话。

灿烂阳光和鸟语花香一下子吞没了我，所有的紧张和蜷缩都全部释放，巨大的兴奋笼罩着我，我想起艺术馆杨馆长说的权力是人间游戏的操纵者，富人是操纵者的帮凶，普通人是人间游戏的玩偶。我借助了权力，我不是玩偶，我大笑了起来。

当时她最后的笑在我心里没有波澜，但随着事情的化解和兴奋的消散，我的反抗慢慢生长，当我心情舒畅意气风发时，这个细节就会跳出来，她的笑让我不得不重回旧有的自疑，它刺穿了我一生的宁静，我开始纠结是否夏郑街的玩偶。直到今天，我仍旧无法原谅她最后的笑，这是种巨大的暗示，这是我们最后的对话。

过去的事情对于我有很多神秘，我曾经想找所有的当事人问询一下其中的细节，但最后我还是放弃了，因为是不可能有真相的。

其实古今中外的事件真相大都秘而不露，我似乎大彻大悟了，以后我读历史看事件就不再看细节了，细节都是胡编乱写，堪比我的任意想象，堪比我的宇宙之王。

宁萍回来后在电话里说："哎呀，对方可凶了，他说虽然不处理你们，不意味你们没事，告诉你们那个姓子的狗屁主任，让他一个月内关掉公司，离开济南，否则我们还会查他。"

我理解的宁萍，如同我理解的管青，他们都属于一类人，就是那平庸的人，如同在小学里就学不懂学不会的所谓落后同学，他们经常是跟随而不是领导，他们不脑洞大开不激情澎湃，他们听话，他们忠诚，我多少有看不起他们的念头，但很久以后，我发现世界需要他们去平衡，他们其实是社会的压舱石，而所谓像我这类聪明人，不是坐在主席台上就是蜷缩在监狱里。

我回到了济南，开始留胡子了，这是对世界的愤懑，这也是对自己的谴责。

我又想起事件发生之前，夏郑街说制度决定了每个人的未来，制度提供了所有的制服，每个人穿上之后就充当制度的爪牙，人其实是没有自由的。

这句话很深邃,这不是夏郑街这样的水准和见识可以说出来的,这一定是她背后的他说的。

这事与夏郑街背后的大人物一定有关联,这其中的阴谋诡计或者高屋建瓴是我一辈子无法获知的。后来我还有种错觉,这发生的一切都是电话和自我想象,若是上帝开玩笑,这世界可以不转动,仅仅通过电话就可以让我狼奔豕突。

周倩还给我来电话了,她说:"你这家伙机关算尽,算是天理循环恶有恶报。"

我说:"你来电话就是骂我吗?"

她说:"是的,既然上天惩罚了你,那我就宽恕你了,不再跟你讨钱了,咱俩两清了,你不用给我一分钱了。"

我突然无中生有地涌现了一股暖流,觉得表面上她是凶恶,实质上她这是同情的表达,这是给我一种安慰。否则她为啥先是要一百万,现在又不要钱了,这简直是儿戏一样,早知道这样,何必疯狂。这时候,我仍然没搞明白周倩,在体育运动里,这属于动作过大吧,新手才这样。

事情既然这样了,我无法在济南立足了,公司无法立足了,客户几笔正在执行的合同被台里终止了,我没办法恢复,反正我还欠台里的款,既然台里单方违约,那我欠台里的款就不理睬了,客户的款我根据情况,追的急的就退款,追的不急的,我也是不理睬了。

工资和业务提成是不能欠的,这都是个人的钱,否则他们会追我一辈子。

办公室家具都不要了,各种会员卡都不要了。

所有的算计和日常的习惯猛然间被粉碎了，人生最后的结尾是否也是如此，瞬间灰飞烟灭，像火柴一样，一划就着，一吹即灭。

生活了五年的济南，就这样赶跑了我，当年我是身无分文进来的，现在我是以二百多万的身家离开的。

离开济南的时候是没有人送的，满满的东西装进了我的小车，这是个清晨，五年前是同样的清晨，我站在济南火车站广场上，那时是两个大箱子，现在我开着车，行驶在甸柳小区的水泥路上，有一笔钱，车启动了，留着胡子的我不觉得悲伤，这是结束这也是开始。

我是个什么样的人，每天进行大量的算计猜想，在各种大大小小的事件中寻找近路，像在沙里淘金，小心地沿着法律边缘做个经济动物，这世界多我不多，少我不少。

等红绿灯的时候还给寻化民打了电话，他明显心不在焉，他说你不是早就离开济南了吗，还说现在公司流动资金仍然很紧张，怎么办？

我说："反正我没钱了，你们自己看着办吧。"

看样子这笔投资完全失败了，钱彻底打水漂了，我对人类彻底绝望了。

"还是靠自己吧，我要重新开始，我要换电话，我变成了坏人，我是流亡的国王，我要删除济南所有的朋友，我厌倦广告了，做广告总是需要求人，换个行业吧。"我一路自言自语，反复唠叨。

哪里知道这人类世界的庞杂，真不是渺小的我可以想象的。

79

到北京时是傍晚了,我还是兴奋的,我是开着车带着二百多万来的,还在青春的尾巴上,比照踏上济南时我只有几千元,再比照我的出生,身无分文,我哈哈大笑,在夕阳下,我的车汇入东三环的灯光串联的车流里,这一刻幸福又开始了。

父辈们的生活是简单的,而我过着复杂的生活,他们的经验教训是毫无用处的,我根本无需在意他们那一代人,我面对的是全新的世界,我要重新开创。

在一个广阔的地方,在一个空白的地方,我要最大伸展自己,我要画出新的自己。

一个月前我住这两室一厅时是一种避难的恐惧,而现在的我是翱翔的雄鹰,那时我需要一个崇山峻岭的依托,而现在是天高海阔的滑翔,我要重回童年般快乐,我需要无性而活,既然我不能因性而乐,我也没必要因性而活。

我剃掉了胡子,我要快乐起来,要搞个执照,要租个办公室,要找一帮人,搞个瓦岗寨啸聚山林。

但公司做什么呢?反正是不能做广告了,这个行业太小了,或许更准确地说,被山东广告圈踢出后,中国广告圈也无法容纳我,目前为止没有什么大道理可以用,每天面对的细节才是真实的,我不能被什么教导什么道德干扰,我要在细节里找到出路,社会整体的观念只能给我幻觉，什么组织什么权威只能给社会整体的观念，我不相信。

大街上人群熙攘，生活的每个角落都站满了人，看不到任何机会。

我还是要捡起一部分过去，于是联系我的同学了，在北京我有四个大学同学，三女一男，在电话里我哈哈大笑，请他们聚集吃饭。

高中时想考到一个没有人认识我的城市，济南工作时想找一个无人知道我的舞台，在北京的无所事事后我的想法变了，开始寻找同学。

北京只剩两个同学了，另外那一男一女都去了国外，就在一个包间里听她们热情的叙述，让我知道了神州大地和国外的间隔，脑中呈现更广阔的世界，大使馆的分布，让我觉得国外就在腿脚之间，北京就是一扇门。

在吹嘘下，我让她们把我理解成一个飞黄腾达的青年才俊来到北京大展宏图，是一个绝世高手下山，也是一个家财万贯的人初涉江湖。

目的达到了，因为就在两天后，一个叫崔黎的同学说她老公的家乡食品厂想在北京打市场，可以合作一下。

这就是起步，然后每天都被填满，招人铺货促销回款，每一个词汇的后面都是一串事件，我就沉溺在其中，双手双脚双眼双耳都被抻拉挤压。

但在两年后，我以失败告终，原因可以很简单也可以很复杂，结果就是一堆货和损失的一笔钱。后来我还陆续做了润滑油，做了电池,我甚至还做了图书发行。

我一直是在失败中,始终看不到希望,像一只爬行中的蛀虫,在巨大的千年古树里无望地伸缩。

又一个两年后,仍然失败,二百万只剩二十万了,我开始慌张了,我辞退了最后一个员工,她是财务,最后离开时,从来不直视我眼睛的她,这一次盯着我,而我低下了头,她问我下一步做什么,我说我准备跟你一样找工作。

她叹口气,"你应该找个人结婚了,结婚会转运的"。

我哦哦了几句。

我其实也接触女孩,但我的心像残垣断壁,没有女孩可以推倒重建,一直找不到感觉,一直是麻木的躯体,我始终不敢进入女孩的世界,总是隐隐的心痛,惧怕掉进去,有时又有另外的想法,就是追求无性的幸福,把自己想象成一个侠士,一路上有很多荆棘也有很多花朵,为了赚钱,需要奋力砍断。

应该还是性的力量,我又开始渴望,但始终没遇到让我冲动的女孩。

我应该被过往的爱情困住了,后来发现很多人都是被过去困住了。我有个同学,她总是怀念高中时代的意气风发,也就不断感慨今不如昔,她很不如意,前途对于她似乎一直是气喘吁吁的上坡,后来她回到了家乡,死于家乡的车祸,她死得太早了,有段时间我觉得她是被家乡杀死了,所以我就会觉得要跟家乡保持距离。

知道这事故后,我就想死亡既然逃不掉,那就活出自己的骄傲吧,若真是被过往的爱情困住,那就困住吧。

80

我在自创的宇宙中，开始相信所有的神话都是真实的，那都是很久以前遥远的事件和人物，是真实发生的，我还相信人类一直在进步，未来的人类会成为上帝。

就像我做宇宙之王，我不能说自己应该如此，当我邀请一个同学到我的王宫时，他就说："妈的，你怎么配做这个王，竟然可以这么小的概率让你得到，你运气太好了，我说是前世的功德，我还有超人的才干。"

他说："屁呀，老天瞎眼了。"

赚钱的艰辛我真切体验到了，然后我就有了新的认识，我不能自认与众不同了，需要再正常一点，需要面对社会，我有了宿命。开始觉得这都是老天的安排，我已经错过了黄金期，应该像大众一样，找个稳定的工作，娶妻生子，我应该目的明确，应该算计精确，这些都是都市生活的基本观念，这会帮助我控制本能的冲动，也就是不能活在野兽世界里。

在一座飘着文化味道的城市里，我不应该认为自己聪明，不再认为自己应该得到什么。

我开始看广告了，各种报纸各种角落的招聘广告，开始回想那些打工的时刻，我做过老板，应该是有能力的人，有经验有教训的人，应该容易被接受被聘用，我于是应聘那些外企的主管，私企的高管，我拿着那个红红的学历和表格，进进出出，在各种面试后，得到似是而非的回复，几个月了，我毫无收获，没有公司需要我。

很明显，我的定位是失败的，我住在那个两室一厅，开着我那加长的红旗车，仍旧还是成功者的模样。

钱还在不露声色地渗漏，每天大量发出应聘资料，我的慌张和希望像波涛涌动着。

这应该是我人生最艰难的时候，我开始想没钱的人生可以脱俗一点吧，既然这样了，我找一份低级的工作吧，做普通的职员，这应该不难吧。

在傍晚的时候，我会望着窗外的晚霞，看着色彩的褪去，一切是在失色中，墙壁在变黑，手脚在变黑，自己在变黑，躺在沙发上的我陷入一种冥想，想考研究生，甚至还想到了出家做和尚。

社会是个巨大的创作室，我没有能力把想法做出来，那些做出来的人就是艺术家，我只能说曾经做出来过，曾经的艺术家，不管怎样，现阶段说明我在这金钱游戏里失败了，这是社会提供的游戏。

北京的五年是我滑向低谷的时期，但也是我最安静的时光，每个春节都是孤独一人，我给爸妈不断编织美好的理由，他们通过我的描述知道有个做模特的女朋友，有公司和一帮手下，有巨大的繁忙和应酬，瞪着黑漆漆的房间，我给他们做着人间盛宴。

我开始战战兢兢面对世界，也正是那时的战战兢兢让我后来胆怯和守财。

某一刻觉得自己站在世界的尽头,面无表情地看着一代接着一代的人闭着眼沉醉地流淌过来,然后被过滤走记忆和个性和骨头,血液继续流淌。

81

和平时一样,没有任何预示或暗示,我是翻看中国经营报在寻找犄角旮旯里的招聘,没想到人生巨大反转。世间就是这样,只有巧合没有缘分,上面有一系列小新闻,其中有个标题是投资界的新宠儿济南科信公司,我的心被猛扎了一下,如同黑夜里灯突然亮起,我浑身一激灵,站起来马上逐字阅读。

我隐藏在世界的低洼里,若不出头就淹死吧,我离开济南时就这样想,那时我早已删掉了所有的电话,我找不到寻化民的电话,毕竟几年了,我记不起来了,一个身在洼地的人是没有过去的,是没有朋友的,也就是不需要经历的。

现在我感觉大幕马上拉开了,壮阔的场面就藏在幕后,电话就是这张幕,我拉开就行,我激动不已,反复琢磨找他们的方法,我上网搜寻到了各种宣传,对公司和对寻化民个人的吹捧,但就是没有个人的电话。

公司电话无人接听,这已经是晚上九点多了,这不是高三时代,我们还在各种题目中,被纤细的概念反复刺扎,也不是少年时代，绚丽的梦境足够我在其中奔跑，这是一个现实爆炸的夜晚，也是一个无限忧心的黑夜。

我躺在沙发上，这些布料弹簧海绵木架都是如同我的肉体一样，支撑着我。

熬到了第二天上午九点，我打通了电话，柔美的女声问我找谁，我说找你们寻总，她问我是谁，我说是寻总的朋友，她说那你打他的手机吧，我说没有手机号码，她说那就抱歉了，她也没有，我问那怎么找到他，她说你是他的朋友就应该知道怎么找到他，我说你要告诉我，我是你们的股东，还是大股东呢，对方电话挂掉了，就在挂断那一霎间，所谓的千钧一发，我的大耳垂的耳朵捕捉到了一个神字，我马上自动组合成一个神经病的词组。

"妈的，不会吧，怎么能这样对待大股东。"我竟然思维跳跃到了滴血认亲的古代判案方法。

我想到了华光族，他的老婆在政府法制办，我竟然记得他老婆名字，这真说明我有文字的敏感，而不是数字的敏感，法制办电话很容易查到，我接通了她的电话，她的声音严厉，只是跟我说了华光族的电话，这已经足够了，我记得她是个温和的女孩，怎么被工作打磨成钢牙利齿了，这些官员怎么能这样，难道是不严肃就无法正经为人民服务了吗？！

华光族的第一句话就是，"我操，你发大财了，妈的，你这属于失踪人口，再不出现就可以直接办理死亡证明了"。

我的血立刻沸腾了，大笑起来。

我是在北京国贸大酒店见到寻化民的，门口迎接我的是大堂经理，她在笑着，我知道她是职业的微笑，是纯粹的职业需要，是属于这个富丽堂皇的反光，里面没有个性，若我还需要那所谓的诚心诚意，那真是胡思乱想。

他的秘书说到下面迎接我，其实就坐在行政酒廊里，她太热情了，于是我有了联想，有的女孩表面上真诚的神情，但或许是在弥天大谎之中，有的会利用男人，像哄孩子一样，谁知道眼前这位优雅的秘书是什么出身什么背景什么心态，此刻她亲热地挽着我的胳膊走入小会议室。

开始寻化民没有站起来，他在龇着牙笑，我也一直在笑，然后他站起走近我，用力拍我，力量太大了，那一刻我有被侮辱的感觉，他说："找你很久了，你在广告界很有名气呀，属于有争议的人物呀，我们用了各种方式通过各种渠道找你，但谁都不知道你去哪里了。"他说得太假了，我有一霎那感觉这小子希望我不在人间了。

那是个阳光灿烂的下午，但周围的一切仍然在灯光照耀下，我的身边围绕了扎着各种色调领带的人，香水四溢，他们自称是各种基金经理和会计师和律师，说着粤语普通话和英语。

制服的意思是让社会的规则管理你，他们将礼节发挥到了极致，连咳嗽一下都要说句请谅解，他们对着我说着怪味的普通话，我傻呆呆地听着，是在捡起久违的英语，是在恶补各种金融知识，甚至还有中学时代的政治经济学，他们用各种算术公式，他们已经给我设计了各种路线，简单地说就是要给我钱，钱在这宝藏里，怎么合法拿，最大数字拿，再怎么存放，怎么下崽。

82

我对高二的回忆是从那天下午开始的，就在教学东楼，就在秋光下，她和她，两个女同学站在台阶上穿着水兵服，秋风扬起了裙摆和飘带，那场景像记忆的大门，穿过场景才能看到那年的故事，那时我在走读，一个人看到，一个人感动，我无法知道别人的感受，那一刻她和她是艺术家，她和她创造的场景是静默的，曾经我有占有这些美丽的贪念，也一直认为这就是青春的勾引，现在我知道了，她和她不在乎众人，不需要勾引，她和她是自我彰显，要让周围停下喧嚣，让出空地，她和她要做布道者，而不是占领者，她和她是艺术家。

但这不是一个她所能做到的，需要陪伴需要信徒，需要两人以上，共同突破，做布道者的确需要勇气。

这些基金经理会计师律师就是布道者，他们讲着世间的繁华、英雄和领袖、倒霉蛋和坏蛋，还讲着算术、概率论。

简言之，他们说我的名誉有巨大瑕疵，无法做上市公司的股东，因此就无法跟他们共进退了，太令人遗憾了，最好的办法就是卖掉股份，然后自行滚蛋，我有巨大瑕疵？这是他们用粤语普通话和英语说的话，我无从辩解。

就在几年前，我已经不崇拜别人了，甚至还有传说中的伟人或圣人，我认为他们跟所有人一样，都是同样的生理，同样的驱动，同样的奋斗，只是他们有了狗屎运。

在那个本该口干舌燥的下午，我们任意喝着吃着，我们彬彬有礼，我们没有结论，我如同下跌后刚着地，被摔晕了，我甚至说忘记离家时是否关了窗户，或者电灯，或者煤气。

当我把担忧说后，寻化民竟然说你不用担心，"因为你的钱的零头完全可以重盖一栋楼。"

没有生命概念，只有数字，数字可以解释一切，就可以解决一切，在这数学面前，我完全被淹没了。

他继续说你小子他妈的太走运了，"很多人都是中途下了车，被收购了，你这样坚守的是独一份，什么都不做，我们这些人完全是给你打工的，就因为失联，你反而赚得更多，就这样吧，见好就收吧，给你这么多钱就烧高香了，你偷着乐吧，去享受你的余生吧"。

在众人眼里寻化民是高手是英雄，只是一个停留的眼神，会让大家理解成深邃的思想，是他们从书本上学到的词然后想象出来的东西，其实寻化民只是用他的经验在推理，然后眼睛在光芒下将所有的色彩吸收进去，形成黑色，其实他的经验是有限的，是无法应对无限的未来，其实他跟我一样，平日里就是胡思乱想，睡前想女人，睡后梦性交。

我曾经参加过同学的葬礼，那哥们儿是淹死的，我们把他打捞出来抬到大卡车上，看着他直挺挺地躺在车厢上，瞟见水泡后涨白的尸体，我先是恐惧再是哀伤，然后被周围街景打断，心思散开，我知道葬礼结束后我还要打车去个饭店，晚上约了个女孩，或许还要跟她看电影，或许还有床笫之欢，我还想到我的死，送葬的人跟我一样,在仪式之后,还要赶赴预约,继续生活的欢颜。

就是这些想法的叠加,大脑组合成了情绪,情绪刺激了泪腺,泪腺开闸放出水滴,然后扑扑簌簌,周围的人就用奇怪的眼光安慰我。

晚上我就睡在套房里,俯视着大半个北京,就在灯光延伸的一条条纵横道路上,我乱飞着,现有的梦已经装不下我了。

我一直在激动中,在人生中我似乎无刻不在选择,每次选择我都会找到参照点或者支撑物,但这次完全不同,完全没有参照物,若有也是那今天从中午到晚上的大量劝导,我无法相信他们,因为他们都是利害关系人,我没有陪伴没有信徒,我找不到可以诉说的人,无法消化他们的道理,他们讲得似乎太正确了。

当他们的智力万无一失的时候,我的直觉却能解开智力设置的谜团。

应该是香格里拉的枕头柔软,四个枕头都如此,我根本无法适应这样的柔软,反正睡不着,我就坐在大床上抛枕头玩,抛上接下,形成了上下往复运动。

直觉引导了我,中午抽空出去,这是那个女秘书小声告诉我还有一种选择,她的眼神迷离。

我到了国际饭店,一位国际饭店的常包房的老女人,据说是超级富豪,行政酒廊里很多人笑着过来小声嘘寒问暖,她问我有什么志向,完全都可以满足我,她有一个菩萨的端庄,说你的股份值五个亿,我对她充满了怀疑,她说很多公司都死在上市前,科信公司也是风险重重的。

她的话掀开了我心底的恐惧经历，或许这世界很多事是无法比较的，或许我真找不到人去打听去比较了，我还是相信他们的传说和数学公式吧，我要十三个亿吧，十三是我的吉祥数字。

这是深秋，竟然下雪了，深秋的雪在下坠后会变成水的，我是深秋的雪，我的一生是下坠的，就是享受的，我从宇宙的中心下坠，下坠的过程就是我享受的过程，这十三个亿足够我一辈子下落了，因为我的心就是井底之蛙的心。

有一刻竟然出现幻觉，周倩走过来，我有种恍惚，觉得她是走在广袤无际的天地间，周倩开始教我什么是忍耐和坚持。

我应该是误解了，最后我拿了十三个亿，全部是在境外拿到的，因为收购我的是一家跨国基金，他们说既要尊重所在国的法律法规也要遵守国际规则。

一切都是梦里，我被他们设计到国外，然后在国外拿到了钱，然后他们帮助我收购各种资产，教会这样或那样理财，然后财会理我，就这样一下子我超越了。

这世界是流动的，我恰恰在流速最快的地方，所以我超越了时代。

这几年我经常在梦里被袭击，先是考试迟到，后是破产穷困，再是管青的白眼，还有夏郑街的傲慢。

三十六岁本命年的我站到了人间的顶峰，像西藏的无数高峰一样，自我感觉也是其中之一，我跟那些做慈善的人一样，觉得自己无比强大。

83

可以这么说，这是个没有英雄的时代，也可以说这是个英雄无数的时代。

就在一年后我还是知道了，科信公司在美国挂牌上市了，他们拿到我的股份价值一百亿美金，那一刻这消息变成泪水，瞬间从头到脚浇灌下来，我猛然醒悟过来，那个女秘书是有意让我出去比较的，然后让我加速，她毕竟是寻化民的秘书，一定有他的体热。

寻化民现在是风云人物，时代英雄，他不时地出入社会热点中指点江山。

科信抽掉了我未来的一部分快乐，而周倩抽掉了我过去的一部分快乐，她竟然将我公司的那些人都接收了，我猛地惊醒，这女人打着讨债的旗号竟然是偷我的公司，完全服了。这家伙竟然还租用我原来的办公室，甚至还把斜对面的写字间租了下来，那里是我曾经心心念念的享受冬日暖阳的位置，据说她代理了更多的栏目，业务做得很好。

每个人都会被困住的，有人被生活困住，有人被信仰困住，有人被规则困住，而我呢，被这个每天睡前的幻念困住，这是一种瘾，我只有这样才快乐，这十几年来我一直在重复我的修建，我是在脑中做这个宇宙之王。

我想象管青应该被那次强奸困住了，胡京端也是被困住了，他自己做的笼子。

冯小璋毫无悬念地回到了周倩的身边，冯小璋现在跟她一起做广告公司，他完全被周倩困住了。

栗共晨消失了，朋友们告诉我别找他了，他是自绝于我们，我一直觉得他被数理化的逻辑困住了，这个困局一定是他的王国。

淡艾重新嫁人了，她应该困在新的家庭孩子中了。

电视台的其他朋友还在原单位，那是铁饭碗，大家都被铁饭碗困住了。

夏郑街现在是某个城市的大领导，婚嫁情况无人知道，她被权力困住了。

我各个阶段的同学都很平稳，跟我一样慢慢衰老，他们都进入了人生的公式，我也进入了人生的公式，望着他们的神色，他们也在看着我的神色，在无限的世界面前，大家都是一样地有限，我暗自哭泣。

每个人像困在一艘大客船里，历朝历代的人都乘坐的大客船。

随着岁月流逝，每个人都慢慢在趋同在稳重，每个人的言语都如同念稿子，现成的思想。其实从古至今从南到北从男到女，我们从来没有改变过，我们只是穿着不同的衣服，长着不同的形象，有着不同的记忆，其余的都是一样的。甚至我们和身边的花草树木也是一样的，都是生存欲望的表现。

84

这世界总有下一天在等待，没完没了，而我和我认识的人却是有终了的，我自以为人生就是如此了。

但是，几个月前的一个雨夜，我竟然做了一个怪异的梦，在鲜花遍布的绿野里，一群奇形怪状的野兽在张牙舞爪，异样地扭曲，异样的色彩，令人惊恐的图景，我突然感觉它们是真实的，它们藏在我脑海的深处，是久远甚至几万年前的人类的共同记忆，这是深藏的无意识的浮现，是人类共通的无意识，这是世界的真相，它在我自以为是的平静中撕开了一条缝隙。

吓醒的我在心里哆嗦着，我的宇宙世界或许是真实的。

人生是有奇迹的，宇宙是无穷尽的，人类的理性是浅薄的，我有时不愿相信，现在慢慢理解了，所有的可能都是存在的，所有的可能都会发生的。

就在几天前我遇到了皮昆仑，他让我发现这眼前的世界竟然还有另外一面，我原来是被这一面欺骗了，我在这个世界的成功完全是歪打正着，我是个傻瓜，自己是多么弱小和可怜，原来他才是真正的艺术家，我陷在迷惑中，甚至恐怖中。

皮昆仑仍旧一副澎湃的神情，开始他对我不屑，应该他是把我代入了他理解的人生公式，后来经过我的吹嘘后，他的公式被我突破了，他的小白脸开始泛红，他摇着头说不可思议不可思议，

"你这人怎么会发财呢,然后说管青一定后悔了。"

我说:"应该是的,她没想到我会发达。"

"不过她嫁得也不错,是一家外企的中方副总经理,你应该知道。"

"谁?"

"胡京端。"

"什么?"

"是的,他现在发达了。"

"胡京端不是强奸她了吗?"

"那个晚上胡京端太能吹牛了,管青这女孩是有想法的,她不停地跟胡京端喝酒,她应该是在灌他酒,她是我认识的最有心机的女孩。"

"什么?她怎么能是有心机的女孩?"

"哦,也可以说她是有盲点的心机女孩,你还记得冯小璋吧。"

"当然。"

"他俩好了一段时间,周倩一直对冯小璋死缠烂打,管青也是受不了了也是嫌弃冯小璋了,她跟周倩学到了什么,就调转枪口,就对准了胡京端,胡京端毕竟是成功人士,他是一个农村长大女孩的梦,她对胡京端穷追烂打,胡京端最后投降了。"

面对目瞪口呆的我,他继续说:"你只是活在自己的世界里,只知道钱,即便你成功了,你还是对世界一知半解。"

"她不是上海人吗?爸妈上海人嘛。"我不甘心地问,竟然被别人认为傻。

"那是她自吹的。"

"我见过她妈,应该是上海女人。"

"那是你的梦吧,她的妈妈是农村妇女,地道的农村妇女,她爸爸是个狡猾的农民,我见过。真是无法想象,她出落得真是漂亮。"

皮昆仑的嘴不规则地笑着,我开始紧张地快速检索自己的记忆,反复纠缠在管青偏执疯狂地让我杀死胡京端这一堆细节里,完全迷惑了,她那时明明可以向胡京端发起总攻,为何需要我绕弯。

"她不是在银行宿舍有自己的房子吗?我还记得她说养了条狗,一条从小陪伴她的。"

"房子不是她的,那是集团老板的,另外她怕狗,从来没养过狗。"

"啊?你怎么知道这么详细的管青?"

"因为她曾经是我的女人。"皮昆仑哈哈大笑。

85

这个时刻天空乌云密布,我似乎看到,就在乌云里,有无数个魂灵等待潜入这瑰丽人间。

图书在版编目（CIP）数据

艺术家 / 子日山著 . —北京：作家出版社，2023.8
ISBN 978-7-5212-2398-9

Ⅰ.①艺… Ⅱ.①子… Ⅲ.①长篇小说—中国—当代
Ⅳ.①I247.5

中国国家版本馆CIP数据核字（2023）第145054号

艺术家

作　　者：子日山
责任编辑：佳　丽
封面设计：周思陶
出版发行：作家出版社有限公司
社　　址：北京农展馆南里10号　　邮　　编：100125
电话传真：86-10-65067186（发行中心及邮购部）
　　　　　86-10-65004079（总编室）
E-mail:zuojia@zuojia.net.cn
http://www.zuojiachubanshe.com
印　　刷：唐山嘉德印刷有限公司
成品尺寸：142×210
字　　数：170千字
印　　张：8.125
版　　次：2023年8月第1版
印　　次：2023年8月第1次印刷
ISBN 978-7-5212-2398-9
定　　价：46.00元

作家版图书，版权所有，侵权必究。
作家版图书，印装错误可随时退换。